NK INK INK INK INK INK IN
K INK INK INK INK INK INK
NK INK INK INK INK INK IN
K INK INK INK INK INK INK
NK INK INK INK INK INK IN
K INK INK INK INK INK INK
NK INK INK INK INK INK IN
K INK INK INK INK INK INK
NK INK INK INK INK INK IN
K INK INK INK INK INK INK
NK INK INK INK INK INK IN
K INK INK INK INK INK INK
NK INK INK INK INK INK IN
K INK INK INK INK INK INK
NK INK INK INK INK INK IN
K INK INK INK INK INK INK
NK INK INK INK INK INK IN
K INK INK INK INK INK INK
NK INK INK INK INK INK IN
K INK INK INK INK INK INK
NK INK INK INK INK INK IN
K INK INK INK INK INK INK
NK INK INK INK INK INK IN
K INK INK INK INK INK INK

上班族徒然草

父親給孩子的200則工作提醒

天野治郎——著
邱榮金——譯

CONTENTS 目次

應用篇

中文版序

常言道：自己親生的小孩即便長大成人，不問年齡多大，看在父母親眼裏，始終都僅是小孩。就以筆者個人爲例，先後派駐巴黎七年、大阪五年、台灣十九年，加總單身赴任長達三十一年，過著與妻子異地分居的生活，無法就近守護著小孩的成長。因此，思念小孩的心情，自然要比別人來得強烈。

特別小犬老大踏入社會就業，嗣因與上司、同儕的人際關係，以及對工作態度拿捏種種因素，工作總是無法長期維繫，一換再三，令身爲人父的我，耽心不已，時而寫信以個人經驗或體驗相告，藉之勉勵參考。這些信件成了拙著《上班族徒然草——父親給孩子的二百則工作提醒》之藍本。

上班族的圈子是一個表裏獨具的世界；同時，在這個世界裏，多所是丁點小事即可奪去您的飯碗的情況。

拙著在各單元中所載述內容，主張未必全然正確，甚至於悖逆道德者惟恐有之。然而，上班族世界，誰也「不服輸」，不是虎視眈眈，就是相機蠢蠢欲動，是一個一舉一動均受到矚目的競爭世界。一言以蔽之，是一個需謹言愼行，容不得輕忽的世界。

筆者今年六十八歲，回首五十四年的職場生涯中，應屬在台十九年最富意義，諸承新光三越百貨股份有限公司吳董事長東興的薰陶與指教無數，儘管今已卸任返日，但仍視吳董事長爲自己人生導師，心常存感恩。對上班族而言，在一生的職涯中，能否得幸遇見足以讓您打從內心尊敬的上司，實爲事業成功關鍵之所在。

筆者在競爭激烈的上班族世界中，打滾五十四寒暑，經歷了大起大落的職涯人生，捱了過來，窮極畢生經驗或體驗，匯集成冊，書中只要一個單元，足供讀者參考，則幸甚矣。

天野治郎於函館
二〇一〇年一月

譯者序

譯者任職於外交部的時候，有一機緣與時任新光三越百貨公司副董事長的作者天野治郎先生結識。

之後，換跑道轉戰學術界，於二〇〇六年九月間爲台灣日本研究學會企畫舉辦一場「從台日合資企業看日式經營管理策略」學術會議，邀請天野先生和台灣國瑞汽車公司總經理橫溜孝志先生分別擔任主講人；天野先生講題爲「百貨公司是廣招徠業」。演講接洽聯繫過程中，早於六月間，有機會赴新光三越拜會天野先生，話匣子一開談及時下年輕人應具備職場涵養事，聆聽天野先生講究誠信、重仁義與職場信念的人生觀以及爲人處世的成功準則，受教良多。復奉悉天野先生大作《上班族徒然草》即將於七月出版問世，譯者又甚受作者所堅持的人生哲學與理念感動，認爲大作值得與國内上班族分享，期使各個職場順利，爰商請擬予翻譯中文在台印行，當場受到作者的支持與鼓勵。爾來，因譯者南下高雄任職，作者亦任滿榮調日本總公司，失去聯繫，迻譯工作終告中斷，事經與作者熟稔之東京新聞前駐台分社主任草間俊介記者的居間引介，復承海王張董事長書銘厚意允宜出版，於二〇〇九秋始繼續譯印聯繫工作，終於付梓。

譯者向以「誠信、責任、熱誠」爲座右銘，曾任公職、外館、企業及學界，負責多爲涉外事務，職場上所見形形色色，總覺得時下年輕人學識雖具，惟工作態度、溝通表達能力以及職場知能有需要再教育，這和目前業界對學校教育希能加強培育包括溝通、抗壓、思考分析……等在内的「全人教育」＋「專業教育」的「全方位人才教育」的期許相互脗合。嗣因學校教育難免偏重理論，欠缺職場實務經驗之傳授，致使理論與實務脫鉤，難收教學效果，實爲美中不足之處。

作者累積五十四年職涯生活，從基層、中階幹部到高層經營主管，親身經歷交涉談判、領導統御、運籌帷幄，遍嘗職涯中核心紅人與左遷、起起落落的心酸，職場百態，盡收眼底，作者憑藉誠信、毅力與正確職場信念，終究迎向成功，締造事業高峰，風光榮退。特別是駐台十九年漫長職涯期間，身處異文化環境，位居新光三越要津，仍能秉持謙和、互敬互重態度，與吳董事長東興所率領的新光團隊上下員工保持良好溝通與互動，渠卓越才華爲新光三越發展以及台日企業體做出極大貢獻，爲上班族立下典範，著實令人萬分敬佩。本書是作者工作經驗傳承，字字珠璣，段段寫實，堪稱上班族必備的葵花寶典，心領神會，必可乘風破浪，成爲職場達人。

邱榮金於台北
二〇一〇年一月

前言

當今上班族面臨到空前嚴峻、辛苦的時代。
「每天有如拚戰沙場。」
近來，翻開報紙的經濟版面，映入眼簾的無非是裁員、就業難、失業者大增等等，盡是晦暗新聞。
處身於此一時代，試問你要以——
什麼樣的想法？
什麼樣的態度？
什麼樣的心理？
什麼樣的作爲？
去融入你的周遭，信持「無事是吉祥」的理念，以期待得能安然工作到退休。

拙著《上班族徒然草——父親給孩子的二百則工作提醒》係以筆者個己一生的體驗爲基調，載述當一位平平凡凡上班族的處世之道。

因此，奉勸各位生性怯懦的上班族們務必一讀；倘若自信滿滿，認爲自己夠優秀而且將來必定如日中天、步步高陞的上班族，則拙著屬無緣之論。

サラリーマン

~つれづれぐさ~

基礎篇

第一則 健康管理

上班族職場上工，是一場三十年至四十年的長期奮戰。

一如格諺所說：「結果好，事事好。」「最後嶄露笑靨者方屬眞歡笑也！」一般，眞正的勝利是在最後的階段。

常言道：人生是一場馬拉松賽局。有很多人，不先衡酌自己的身體狀況，一開始就使勁跑過了頭，致使中途氣喘吁吁，從而力不從心敗陣出局。上班族一生決勝負亦自不例外。

每天必須藉由規律的飲食生活、運動以及興趣等，以長期保持肉體上以及精神上的健康。

首先，呼籲各位受薪階級宜從認識「平常健康管理的重要性」做起。

第二則 金錢管理

同樣於健康管理，上班族必須遵守的基本事項就是金錢管理。同樣的，因肉體上、精神上病痛而中途敗陣出局的人，在金錢方面，被烙以沒資格當上班族印記的比比皆是。特別應該注意以下三點：

＊公司內的金錢借貸；

＊深陷賽自行車、賽馬、打麻將、柏青哥等賭博囫圇；

＊出手闊氣的開銷與浪費。

儘管這三者並不違法，是爲法律所容許的行爲。但是，其傳聞一旦在公司內勁揚開來，可能造成致命罩門。因爲，從花錢方式可以看出一個人的人品。

第三則 時間管理

時間的管理與認知，不僅限於上班族，對於個人也好，或是企業也好，都具有重大的意思與意義。

一個人遭到不遵守時間之詬病，多半是來自：

＊業務無法在限期內完成；

＊報告延宕；

＊下班後不回家，毫無意義地留辦公室（加班多）。……等等。

一般而言，對時間觀念薄弱的員工，往往容易被視同產能低的人。

「上班族的基本守則」有三點：就是健康管理、金錢管理和時間管理。

首先，希望先認清這三點，它是教你一生「永遠不會輸的起跑點」。

第四則　了解一己之力的極限

在公司裏面，事情可以單一個人獨力完成的範疇，極其有限。許多工作都是得藉由團隊力量，共同協力完成。因此，動輒喜好自誇「我怎樣……我怎樣……」類型的人，建議得視時間、場合，稍微收斂一點較好。假定這種類型的人，即便是可以獨自一個人把事情做好；但是，團隊成員總是會投以冷漠的眼光。如此，必定對於其他的工作帶來影響。

最近常有人反向操作地說：要「當一棵招風的大樹」，這種說法是錯誤的。

謹此再度重申，上班族過的是一種長期戰的生涯。希望各位重視團隊的和諧和整體的力量，在這當中好好地磨練自己的能力，以備將來工作之所需。

莫只參考千人當中僅一人成功的例子，也應該借鏡於許許多多的失敗例子。爲期能持此一正確觀念，首重了解「一己之力的極限」。

【第五則】公司內絕不可吵架

縱使自己是對的，也千萬不能動怒吵架。

公司又不是法院。不是能正確公斷孰是孰非的地方。

公司內吵架，不論輸贏，彼此都會留下芥蒂。

雙方爭論得面紅耳赤，口沫橫飛，自以爲伸張正義等的作爲，乃一般乳臭未乾黃毛小子行徑。即便怒火攻上心頭，仍需有將之按捺下來的克制能力。

俗話說：「急性子吃虧」。

第六則 嚴禁議人是非、論人長短

相同於前一則的吵架，嚴禁議論公司內、外人的壞話。

再說，你並未先徵得對方同意而來說他的壞話，許多情形會是流於你自己說的。

雖然不像「醜事傳千里」那般嚴重，壞話也是會在短時間內傳遍整個公司的。

同時，此類壞話也必定會在彼此有利害關係、競爭關係中，爲人所利用。

說人壞話的人，效益豈止是在零以下，負面作用更是無法估計。

謹建議各位要養成絕不議人是非、論人長短的習慣。

第七則　記得誇讚別人

本則「誇讚別人」正與前項「說人壞話」互為表裏。

這裏所談的「誇讚別人」不僅是對屬下員工，公司內、外相關人員都是你誇獎的對象。

人們，任人都必有其優點之處。而且，缺點也會因不同的時和地，反倒成為是優點。

「○○先生（小姐）的分析，一直都很正確，值得參考。」

「○○君！這次的企畫案寫得很好，下一次也請繼續再接再厲。」

這一類的褒獎語言多如鴻毛，可信手拈來擇優使用。一般而言，理應沒有人被誇獎而心存不悅的。最有效的作法是在背後誇獎，而非當面。惟表達謝意時，仍以當面為宜。

第八則 常持感恩的心

表達感謝之意，乃作人的基本禮貌之一。

一項工作任務的達成，借助單位裏裏外外複數人們的通力合作而就，往往形成一種「助人與受助於人」的關係。

拿人薪水就得辦事乃天經地義的事，但仍會置入個人的感情。因此，當你體察到有「受助於人」的時候，一聲「謝謝」，就非常重要。

同樣於前一則的「誇讚別人」，對於來自他人的感謝，應該不會有人懷以惡感的。

一句「謝謝」具有潤滑劑的作用，是你擴大人際範圍、使業務順利進行的有效手段。

第九則 應邀喝一杯

千萬別與拿公司上司或同儕爲話題以消除心中憤慨之欠缺鬥志不滿份子爲夥。

何況，此一群猶如鬥敗公雞之「敗犬」，無時不刻都想壯大自己的聲勢範圍。

理由是多一個同夥，在掩飾自己的弱點上會因微妙的滿足感而心安。是故，建議還是找一些善巧方便的理由，妥予婉拒爲宜。

然而，來自直屬上司或是值得信賴同事的邀約，還是接受較好。

「今天，要不要一起去喝一杯?!」一句話除了溝通對話之外，往往隱含著有事商量、一吐煩惱事或是其他的「目的」。這時認眞傾聽對方講話，痛快喝它一杯，也是非常重要。

第十則 男女關係

我無意要否定談戀愛。
亦非要你成爲一位聖人君子。
公司內，公司外，談戀愛是自由的，任何人都無法加以束縛。
但是，此一自由，特別是在公司內，是有一定限制。
限制所及範圍在於不倫之戀和單屬玩弄感情的心。
公司內，這種流言，尤其是女性職員所最感關心的事，不稍一個小時必定傳遍全公司的，一點也不假。
姑且不論事實眞相爲何，謠言不脛而走，至屬危險。因此，莫要招惹誤會，謹言愼行爲要。
務請牢記於心，確實有諸多上班族因男女關係而導致身敗名裂的。

第十一則　報章雜誌剪報

人經常會有「以前看過的一則說明報導，不知塞到哪裏去了，想參考卻找不著」的憾事，既然如此，以後就得注意將這些剪報用剪報本整理歸檔。

當然，剪報項目種類會因人而異，我個人則做了以下分類整理：

*與自己職務有關的訊息；
*與自己興趣有關的訊息；
*流行服飾訊息；
*值得參考的話語；
*新生活訊息；
*新商品訊息；
*坊間話題。……種種。

不可思議的事，三年前的剪報，迄今仍然記得，而且立即可以找出來。我想這大概是經由「閱讀—剪報—黏貼」三道手續而記了下來。

實施要領在於「持續的工夫」。不過，「說得容易」，做下來可得要有恆心毅力。

第十二則 累積做小事經驗

公司內，小事以及瑣碎工作多得很。

都是一些固定的基本業務。

所謂基本也就是基礎。

重要的是，確實學好此一基礎業務，並要求「務實貫徹地做到這些原本該做的基礎業務。」

基礎業務做不好，則無以期待成就大事。

公司整體的基本業務、所屬部門的基本業務以及對公司外的基本業務等等，請逐一釐清出來，好好學習一番。現在開始，尚爲時不晚。

常言道：「欲速則不達」。請記得「成就大事前，累積做小事經驗」的重要性。

第十三則 敏銳的數値觀

公司的任何一個部門，都有其業務數據目標。諸如：營業額、利潤、原價、賣價、辦公用品、薪資、工時、員工數等等，都可換算成數字，給予數據化。

數據乃所有公司、所有部門的基本資料。

首先，要掌握公司整體的數據。
接著，掌握住自己所屬部門的數據。
有關研擬對策、目標等的議案，均應以掌握現狀的數據爲出發點。
數據會說話，舉凡說明或報告，只要列舉數據則具說服力。同時，也是說明自己優於同事的有效常識之一。
凡事能以正確數據作爲基礎起草企畫的員工，就是優秀的職員。

第十四則 何為看家本領

每一個人都有擅長與不擅長的部分。
有來自個性者，也有來自能力者。
公司業務項目中，希望你能擁有一項比任何人都強的看家本領。

譬如：

＊英語會話能力精湛；

＊電腦操作出類拔萃；

＊文書作業能力首屈一指；

＊起草企畫案無與倫比；

＊能言善道、精明能幹的業務員。……等等，各種長才。

有這麼一句諺語：「衷愛才能做到精巧。」而什麼是符合你自己個性和能力的拿手絕活?!

吾人可以試著自問自答，透過訓練、下工夫學習，定能找出可成爲公司第一的技藝來。

公司既需要廣而淺的知識，也需要狹而深的知識。

第十五則 事緩則圓

「事緩則圓」即指「一時難解的事情，暫時離開該當主題，去思考解決的好時機或掌握困難眞相」之意。

實際工作中會遇到的具體情形，諸如：

＊談判交涉窒礙不前時；

＊無法獲得上司或部屬理解支持時。……等。

凡有「操之過急反倒壞事」之虞時，仍以暫時「緩」著，再尋求解決時機爲宜。

這裏所謂的「緩」，係指給雙方再次考慮的一點時間或空間之意。然而，也有許多例子，因操之過「緩」而導致反效果的，宜請注意。

第十六則　信守承諾

人際關係破裂的主要原因之一就是違背承諾。這種違背承諾的行爲將會是致命的一擊，其重創已建立的或是未來即將建立的信賴關係。

承諾有多種，既已應允就不得違背，尤其是對公司外（諸如顧客、往來客戶等）的承諾，更應信守。

此一違背承諾不單是會喪失對個人的信賴，同時也會毀及公司的信譽，社會對此要求嚴格。此時此刻，由不得你說什麼理由或藉口，一切都是不被接受的，需有自覺。因此，不論發生什麼天大的事情（明知各家自有論斷），大膽來說，即便你會趕不上看父母親臨終最後的一面，仍希望你能持有絕對信守和公司外所做承諾的堅強意志。

第十七則 聽話要領

「會說話」和「會聽話」，兩者屬上班族所被要求的兩個極端的能力，在公司裏面，依個人的經驗，還是以「會聽話」較爲有益且有利。

聽話的基本要領是：「仔細聆聽對方講的話，目視對方，笑顏點頭，時而帶以附和聲，莫要打斷話語，並視情形把對方講話重點筆記下來。」

從某種意義而言，一如格諺有云：「沉默是金，雄辯是銀。」人一言一行的輕重、內涵的深淺，動見觀瞻。

因此，「會聽話」的人，不一定有必要成爲一位「會說話」的人；但是，「會說話」的人則有必要具備「會聽話」的素養。

第十八則 做好確認動作

確認何以需要？

「啊！沒預約紀錄?!我還再三拜託A君，卻……」

「啊！今天是交貨日?!我一直以爲是明天……」

「啊！總經理也要出席?!我跟對方說派經理……」……等等。

都是沒有事先做好「確認」所惹出的禍；很多情形是自己誤以爲已做了「確認」動作，而實際上根本是沒有做的。

確認內容有時日、地點、出席者、約會行程、預約等等，項目繁雜，樣樣都得在中間或是前一天做確認，過程中至少兩次以上爲宜。

確認做到讓對方稍稍感到有點煩爲佳。

特別是囑咐部屬去做確認時，別以爲就此了事，自己還是得負確認的責任。

不發生則已，一旦發生「不應該是這種情形……」時，則後悔莫及矣。確認動作，請務必徹底做到。

第十九則 確認信函的重要性

寄發信函有多種用意。

公司沒有目標是不會寄發信函的。其雖無孰重孰輕之別，惟膽敢言之，以「確認信函」最屬重要。

在公司對外交涉（商務談判、契約等）結束以後，正式簽約以前，將交涉當天和對方所談的重點以及協議事項，經負責人署名、捺印後寄給對方的確認信函（confirmation letter），對於免除日後雙方發生究竟有沒有談到之認知差異的爭議上，極其重要。

此一確認信函，即便於日後發生法律上的問題時，將是一個有效的證據。如是之故，反之當你收到類似信函時，對內容若有異議的話，就必須立即回信指正。

當然會有收到、沒收到信函的爭議問題，或者預料會有此一問題發生時，仍以可資確認的掛號信函交寄爲宜。

第二十則　養成做筆記的習慣

儘管有人辯解說：會忘記事情與個人因素有關。但是，這在公司內是全然不被接受的。

人的記憶力是有限度的。

忘記一件小小的事情，往往會釀成大事的，無法以一句「忘記了」就可一了百了的。奉勸各位，不問職位高低，所有工作同仁都得經常隨身攜帶筆記本和原子筆，將指示的事情、被指示的事情、約定的事情以及所注意到事情種種，盡可能地筆記下來。

連筆記下來的事情都會忘記的人就另當別論。

第二十一則 掛心小事

工作上的「掛心」事，不分職場，任何人每天都會有的，此言一點也不為過。為什麼會這樣，理由是工作本身就是一種「掛心事」的緣故。

所謂的「掛心事」就是惱人煩心事也，有大有小。大的掛心事，當事者寄予的關心度也高，自會列為最優先處理，理應不會是個大問題。

小的掛心事，就會因常思「待會兒再處理」，導致多所延宕情事。宛如手指尖的芒刺一般，還是即早處理為妙。

今日的掛心事、本週的掛心事，將它做成一張「掛心事一覽表」，一旦處理完畢，逐一刪去可也。

重點是：「莫將今日可完成的事情拖延至明日。」

第二十二則　心中有顧客

企業不分業別，其最重要的是立足於「顧客的觀點」。業務部門固然是如此，後勤支援部門也不例外，重要的是要不斷地去思考所有業務對於顧客或從顧客角度來看會是如何一事。此一思維就是「服務的基準點」，然後往顧客第一主義、現場第一主義引伸發展，而公司所有業務的出發點就在於此。管它世局如何變化，復不論景氣是好是壞，此乃永遠不變的主題。

今天，在你所職掌的工作裏頭，假如欠缺顧客思維的話，毋寧說這個作爲是錯誤的一點也不爲過。

第二十三則 書類歸檔

書類的整理整頓因人之個性而異，看似容易，實則困難。

儘管有人說書類不用收拾整理反倒好找。不過，在公司內還是好好收拾整理乾淨爲宜。

最簡單的方法就是逐一歸檔。

*可以防止書類的流失與散亂；

*必要時隨即可以找出；

*別人也容易找得到。……等等。

謹建議將辦理中以及處理完畢的書類分門別類做整理。

每天下班之前，養成收拾整理書類的習慣，以總結一天的業務工作，對心情是有助益的。

第二十四則 浪費與白費勁

＊費用開銷……不在於金額之大小。

金額不論再怎麼小，浪費就是浪費。重要的是和開銷對象物的對價問題。

金額一小，開銷容易流於不經心。然而，長此以往，日積月累，對公司而言是個致命傷。奉勸各位立即停止浪費爲佳。

＊抗拒命令……不在於事情之大小。

抗命事不論再怎麼小，若是無謂的抗命，那無謂就是無謂。

奉勸各位立即停止無謂的抗命爲佳。

＊努力……不在於程度之大小。

努力不論再怎麼小，若是白費勁的努力，白費勁就是白費勁。

奉勸各位立即停止白費勁的努力爲佳。

浪費事，林林總總，必須認清浪費是毫無丁點效用之處的。
浪費與白費勁，永遠都只是浪費與白費勁而已。

第二十五則 注重大成果莫如締造小成果

我個人是不否定大的成果。
大的成果許多都是由整個公司的小成果日積月累彙集而成的。
換言之，大的成果在總經理一聲號令之下，經由公司全體員工的努力共同達成；小的成果則經由部門或者是個人的努力去完成。
因此，縱使是小的成果，你個人對於此一成果的貢獻度遠比大的成果來得大。要締造此一小的成果，謹建議將你所屬部門工作的進行方式、效率等做一客觀的總檢查。
儘管小雖小，必定可以找出改善業務的要點來。
首先希望著眼於改善眼前每天的具體業務做起。

【第二十六則】了解上司

上司並非是敵人。

然而，俗話有云：「知己知彼，百戰百勝。」對於上司還是有必要了解的。

諸如：上司的個性、行動型態、興趣、運動、家庭結構、出身來歷、學歷、信念、喜歡聽什麼樣的話語、不喜歡聽什麼樣的話語、喜歡別人什麼樣的態度、不喜別人什麼樣的態度等等。

何以有需要了解？因爲這些項目在配合上司、遊說上司，以及說明理由的場合時可資使用。

一定有人會質疑說：「有需要了解到這麼多嗎?!」不過，了解是有一益而無百害。

奉勸各位基於常識判斷和觀察心得來對你的上司進行分析，日後必定有用處的。

「第二十七則」結果重於過程

公司不是學校。

公司也不是公民與道德的教育場所。

公司是追求利潤結果的組織體。因此，「自己如此地努力，然而，卻……」講這話是沒有用的。

雖然話講得不中意聽，但結果是良好的。努力過程縱使再怎麼平順，其結果若是不好的話，則努力堪稱是浪費時間、白費力氣。

唯一好處就是此一努力有可能會展現在下一次的結果上。然而，近來，企業已無耐心可以等待到下一次的開花結果，至屬遺憾。

一第二十八則一　成本價格談判

天經地義的事，欲擬核算賺進荷包多少或者是可以賺多少錢，倘不知道成本是無法計算的。

首先，要了解目前的成本狀況；然後，再去思考買賣交易時爲了提高利潤率看是要壓低成本或調高售價的辦法。

追求利潤既然是企業的終極目標，則成本及其價格談判屬最爲重要的事項，也是買賣交易的基本。

爲了賣得便宜些、爲了賣得更好價錢，究竟要如何談判？要如何說服對方？重要的是要將對方的利潤也納入考量，持「買賣有利雙方」的基本態度以對。

光是一股腦兒地要求對方便宜再便宜，以及一味地設定高的成本價格，兩者的效果都是有限的，不是生意人該有的作爲。

【第二十九則】有過即改

任何人都會犯錯。

由於是人，當然會犯錯。

然而，攸關人命、違反法律、關乎人的尊嚴等的過錯屬難以原諒的過錯，輕忽不得。

小過錯，當然是越少越佳，問題是犯過之後的態度。

爲了不再犯相同的過錯，是否已經追究犯過的原因了？

最可怕的是小過不改，日後可能引發更大的過錯。

過錯種類繁多，基本上莫要自己一個人私了，希望將它攤開來，作爲同一部門的共通問題與課題，共同研議因應對策。

第三十則 鬥敗的公雞

競爭落敗的上班族的特徵就是自我管理（健康、金錢、時間）鬆散的人、沒責任的人、逃避工作的人等等，類型甚多，最無可救藥的競爭落敗者就是認爲自己是鬥敗公雞的人。

人一旦染上此一鬥敗公雞的習性，就會經常有否定工作的傾向，以略帶諷刺的言行招惹周遭同事厭煩，不與之交往，從而採取臉上傻笑自虐的態度。

這種人堪稱是公司裁員列爲優先候補名單對象。

縱使在工作上有些微問題的員工，只要自己不認爲是鬥敗公雞者，尚可救藥。

遇到這種情形，走出陰霾的最低必備條件，端看能否做好自我管理。

【第三十一則】意見主張

「陳述意見」絕非是壞事。

但是，下列情形，宜避免表達意見：

＊和大多數意見不同的時候；

＊上司已經做了「就用這種方法」、「這種型式」的最後裁示時；

＊中途發現還是修正自己意見較好的時候。

「不管怎麼樣」一副說什麼也都要通過自己意見的姿態（發言和態度）將會給自己在公司內的人際關係帶來不良影響。

假如自己的主張硬是通過了，身邊的人也會投以冷漠的眼光，日後很難獲得大家的合作。「縱使是千萬人，吾往矣！」的態度單只是特攻隊的精神，在公司內是行不通的。

員工爲了自己，持以「適度」、「適切」的平衡感，認清自己的落點（目的地），也是重要的。

第三十二則 第一印象

一提到第一印象，腦子隨即浮現「應徵面試服裝」。

無可否認，一身的打扮確實是予人以印象面的重點。

但是，第一印象還是具有給誰印象的意義在。

光是身上的打扮還是不夠的。

其他尚有禮儀、用字遣詞、個性表現等諸多重點，最重要的還是在於全身上下整體表現能夠給予對方留下「能見到這個人眞好」的印象。

無心型的人是無法給予良好印象的。「心」要比外型來得重要。

【第三十三則】報告、聯絡、商量

日文的報告讀「hou koku」、聯絡讀「ren raku」、商量讀「sou dan」，茲取首揭這三項字首第一個字的讀音串組成俗稱：「hou ren sou」（菠菜的諧音）。

何以這三項那麼重要?!

簡單地說，這三者就是爲了不讓你說：「那件事情，我什麼也不知道，什麼也沒聽說過」等理由。

中間幹部講的話，多的是一些對你自己不利、不好玩，或是出自於嫉妒心的話語。特別是業務與複數部門有關係的時候，報告、聯絡、商量等三者就同時有必要，因爲這三者是順利推動事情的基本要素。

因此，只要做到報告、聯絡、商量等三要項，即使得不到可資參考意見或建議也無妨，務請理解到「事前工夫」的重要性。

第三十四則　注重與前一年做比較

本年度的營業額、營業費，以及利潤等的實際金額和前一年相比，舉凡日計、週計、月計、年計資料以百分比（%）註記呈現，乃許多企業所廣泛使用的一個基準。

當然，這是目標之一。實際上，這個對比並不怎麼具有意義。理由是即便拿過去和現在做一比較，其積極性與生產性都不大。以一項經營資料而言，毋寧是將「目標與實際金額」做一對照，反而是比較有用的。

公司的上一年度和今年度的政策方針會有所不同，每家公司根據今年度的營業計畫、宣傳計畫、人員計畫、財務計畫等，全面地就人、物、錢等擬訂目標。

倘若要比，就要和此一目標相比才契合實際。同時，萬一需要修正路線時，才是個有效的參考資料。

第三十五則 精湛演出

電視棒球轉播，我們可以經常看見球員以撲倒、翻滾的高難度守備動作去接殺球的畫面。

這時候，儘管你會聽到負責播音或解說的人員大聲喊叫地說：「漂亮！」來加以稱讚。不過，之所以會有這些動作出現，許多都是因爲守備球員對於高飛球的判斷錯誤或動作太慢所造成的結果。

工作上也經常會發生類似情形。一定有人會將原本一件極其單純的事情，自己故意把它弄得很複雜，而且還刻意強調困難。

希望各位務必記得：工作，「一件普通的事情，不必拐彎抹角，該怎麼做就怎麼做。」就是精湛演出。

第三十六則 次第

次第就是估計一件事情的目標，就達到目標的過程依序做準備，並且有條不紊地按既定程序完成目標的一個非常重要的作業。電視播出的烹飪教室就是有次第、依序有條不紊去做的一個很好的藍本。

但是，也有一些情形是無論如何都無法有次第，或是根本你無法去安排進程計畫。

遇到這種情形，就將它當作事情或事務本身確實是有其難處，在和上司商量之後，重新考慮看看是要展延或就此打住，以免深陷泥沼，誤了大事。

第三十七則 歸功上司

你在公司裏獲致重大的成果，受到總經理或董事誇獎的時候，不得一人居功而得意洋洋。

當場還是請你說「這都是○○經理（或是○○課長）指導的功勞」，直接把上司的名字說出爲宜。

強調一人居功的成果，上司表面上會誇讚你「幹得好」。但是，上司的內心會是五味雜陳的。那是一種嫉妒，往後會開始視有能力部屬爲眼中釘，後果很可怕喔！

萬一下一次的工作，你沒做好，捅出簍子來，這時，負面評價就會備增。

不論上司對你工作的成功有無直接關係，奉勸你還是以謙虛、直率、眞誠心，口頭上向「上司的上司」直接表達成功全賴上司指導得當之訊息爲要。

第三十八則 擬訂目標方法

簡簡單單就可以達成的目標，不算是目標。

同樣的，非常難以達成目標者，亦不算是目標。

在可以達成和無法達成之微妙處，方才有正確的目標。

此一正確目標蘊含有達成目標的成就感和無法完成目標的懊惱，亦爲下一個挑戰目標的原動力。

公司若有讓全體員工團結起來的「精神口號」更佳。

有關營業額和利潤等方面，應該注意的是不要從營業費反算以設定目標金額。

編列預算階段過程中，考慮爲了容易通過上司這一關而單只是核對帳尾的作法，尤需格外審慎。

第三十九則　女性員工

對女性員工之言行禁忌，諸如：

＊不得有男女之分；　＊不得性騷擾；
＊不得談論他人閒話；　＊不得說上司的壞話；
＊不得言談個人隱私；　＊極機密事項當然也不得爲外人道；
＊不得動怒。等等。

其他「不得做〇〇」的禁忌很多。

理由說來，女性員工比起男性員工，在公司裏總是橫向關係較強。因此，上述行爲和話語，在公司裏立即會傳播開來而遭到批評，結果對你沒有絲毫益處。因此，提醒你需要注意。

上述的建議要求，不是區別、不是差別；既非侮辱，亦非漠視，樣樣單純實在。

第四十則 報告結論優先

無論是口頭或是書面報告，端看時、地而定；不過，原則上還是先談結論爲佳。

談了結論之後，就毋需針對理由做冗長說明，將重點以（一）〇〇、（二）〇〇、（三）〇〇做條例式書寫或口頭報告爲宜。

報告當事人對內容有自信時，當可以言簡意賅地彙總報告。反之，對內容沒有把握時，則無法理出頭緒而做冗長報告。

報告對於上司而言，也是判斷部屬之能力、工作情況時的重點要項。

因此，需審愼其事，預做準備。

現在，就請你假裝是上司，將你要報告的內容說一遍給自己聽看看，相信一定可以找出一些需要修正的地方。

第四十一則 累積成效

一個成效若能帶動下一次的成效，以及再下一次的成效，這種可以有累積成效作用，乃吾人所最期待的。

工作換了人經辦，或是換了年度，就得歸零從頭來過，這對企業而言是相當困擾的一件事情。

重要的是將前一期的實績作爲基礎，外加一些額外的因素，以資創造更大的效果。

該得累積下來的是企業所有的重要因素和措施，諸如：營業額、提升利潤的措施和宣傳、活動，以及客源開發、商品開發、技術研發、員工能力、公司的信用等等，範圍相當廣泛。

單只一次的效果也是效果，惟仍需要有將此一效果聯接到下一次的「意識」、「思維」、「努力」以及「措施」等，以求持續性。

第四十二則 公與私

「公」與「私」當然是要嚴格區分開來。

現金、庶務用品，以及時間等，不得混淆在一起的對象很多。

尤其惡劣的是假「公」濟「私」的行徑。

這種情形，有些時候不僅違反規定，還會是屬於犯罪的行爲。

相反的，以「私」濟「公」的行爲，偶而也是需要的。

譬如：公司要求在明天下班以前必須提出報告書或企畫書等，你將工作帶回家徹夜趕工的情形時而有之。當然，我並非是要命令你成爲一個拚命三郎型的職員。然而，面對近來社會輕「公」重「私」的潮流傾向，我個人總抱持質疑態度。

「滅私奉公」雖是一句古老話，期望各位時而也要重視此一精神。

第四十三則　恭維要得宜

「可以說恭維之類的話嗎?!」許多人持疑，恭維乃人際關係的潤滑劑。

但是，露骨的恭維話，有時候會帶來反效果。因此，必須注意。端看對方的性格或場合，「適度的恭維」和被稱讚時的心理一樣，是不會引起內心的不愉快的。

對於年長者或在上位者還是希望能一本尊敬之念，對於同僚和部屬則以淡泊爲宜。

恭維恰到好處也是上班族必備的重要能力。

「第四十四則」平衡感

肉體和精神、工作和家庭等等，必須求取平衡的細目很多。左右兩邊，過於偏向一邊就會發生問題。一旦失去平衡，想要再回復當初，總會覺得困難。適中的均衡就是一種平衡感，這是在公司業務推動上所不可或缺的一種感覺。

此一平衡感會在不知不覺中起作用，堪稱是一種「常識」。上班族常患的「憂鬱症」，聽說許多是因爲平衡感失調所造成。任何事情，尤其是工作方面，在人際關係上，還是不要「偏向於一方」，如此得保安全且屬明智之舉。包括自我反省在內，亦不例外。

第四十五則 婚喪喜慶

上班族的世界，沒有詩詞歌賦文藻的華麗，是一個重視「人情世故」的世界。

平時，你送賀儀、香奠的對象爲部屬、同僚，和上司。這些對象你還是盡到該盡的人情世故爲宜。

至於金額多少無需與人商量，尤其是得判斷上司會包多少，最好是不要超過上司所包的金額。

上班族的世界和黑社會的世界是一樣的，倘若忽略了一些人情世故，即便你多麼有實力，仍無法在這世上混得得意。

婚喪喜慶禮儀的開銷是上班族必花的經費，或者是說必要的投資，重要的是你內心要先有此一準備。

第四十六則 中元、歲暮禮俗

中元與歲暮是否送禮，我想見人見智。從結論上來說，還是要送較好。

同時，希望你不要中斷，因為「持續就是力量。」

送禮對象若屬個人交情則另當別論，與公司有關的，諸如：上司以及公司外的實力人士。

送禮無需擔心是否會遭人認為是「拍馬屁?!」

當然，也含有感謝的心情；不過本質上就是拍馬屁。

因此，送禮也沒有與人商量之必要。

請擬妥送禮對象名單，每年中元與歲暮兩節都送。

縱使你換到一個與原來的上司無關的單位去工作，還是持續送一段時間較好。

因爲，若是你立刻將名單刪除，難免落人以算盤打得精的口實。

逢年過節送禮和婚喪喜慶一樣，是上班族的必要經費開銷，也是一種投資。

第四十七則 注意擅長領域

誠如格諺有云：「精明幹練的人，時而也會有失誤。」有許多人，就敗在自己最拿手領域的工作。

其主要的理由有：

*因爲專精而不聽別人意見；

*因爲自尊心而不克允宜修正；

*遇有爭議易嗆倒對方。等等。

獨斷獨行、自吹自擂的態度會給你在人際關係上產生問題，結果就是失敗、失掉資格。

反之，不擅長的領域由於能向人好好請益，參酌別人的意見，反倒是少會發生問題以及失敗的情形。越是擅長的領域，就得越加克制自我，事屬重要。

〔第四十八則〕批判

在批判他人的時候，事先必須注意以及確認的地方很多。諸如：

＊批判內容是否屬實？

＊遭批判的對方對你是否有隱瞞事情？

＊批判之事所帶來的正面與負面效益如何？

＊自己是否立於批判的立場？……等等。

批判他人較屬容易，批判的本人是否具有「批判的資格」，宜先捫心自問。

理由是批判了他人的人，許多是「自己也會身陷遭到批判的困境」。

【第四十九則】變與不變者

「變與不變者」是三越百貨公司同仁代代薪火相傳訓勉後輩的一句話。

「變者」指的是商品、宣傳、裝飾、服務類、組織與營運等因應社會變化、顧客變化的一種「因應變化型產業」所該「變的項目」；而「不變者」指的是對於顧客不變的「眞誠心精神」是也。

近來的企業該「變的」不變，反倒是把「不該變的」給變了。這一句訓勉的話，對於心中有顧客存在、必須因應變化的所有企業而言，無非是最爲重要的觀點。

第五十則　下山時請小心

七十三歲高齡的三浦雄一郎征服世界最高峰——聖母峰，攻頂成功。

三浦先生是歷年來攻頂成功最高齡的一位，他從山頂上打電話給他九十八歲的父親報喜時，其父親叮囑著說：「下山時請小心。」

日本名著《徒然草》中也有相同的教訓，告誡世人成功之後仍大意不得，理由是簡單的事情往往會比困難的事情容易使人陷入泥沼。

此一警世良言也可適用上班族，越是一帆風順的時候，則態度越是需要審慎。

第五十一則 要不恥下問

不清楚的事情，當場馬上問較好。
事到如今，若秉持這種事不能問的想法是錯誤的。問絕對不是恥辱。
不清楚的一件小事，有可能造成工作上重大的失敗。
問清楚所不了解事情的內容，無關上司或部屬之關係。希望內心裏面要有任何人都是自己老師的雅量。
《論語》有云：「不知爲不知，是知也。」

第五十二則 優秀業務員的共通點

環視自家公司或是他家公司，乃至銷售對象即使不同，凡是首屈一指的業務員都有其共通點。

舉例來說，他一定是：

*雜學名家，話題豐富的人；

*對購買者售後服務熱心的人；

*商品知識豐富的人；

*也能夠指陳商品缺點的人；

*不輕易讓價的人；

*予人以好感，儀容整潔的人；

*逢人不會立即推銷而能仔細聆聽顧客講話的人。

總而言之，這種人可以說是在富有渾厚知識背景之下，具有高超的「推」與「拉」微妙平衡感覺的人。

這種高超的平衡感覺不僅是業務員要有，所有負責公司業務的從業人員也都得具備。

第五十三則　騎驢找馬

首揭這句成語的意思是說：「沒有馬的時候騎驢，以盡量能快速接近目的地爲佳。不宜因爲找不到最好的辦法，就什麼都不做。」

這句成語是勉勵人在人生當中，乃至公司的業務當中，內心應該要有針對達成目標的心裏準備。

類似的話語尚有：「退而求其次的辦法」。

理解這句格言的涵意不難，但眞要做到則不容易。凡事均得以「不做做看怎會有成」的心裏，立即開始動手去做，才是重要的。

【第五十四則】擬訂目標

這裏所謂的目標指的是將來「該有的面相」。擬訂目標時，宜從當前的情況來研議「可達成」與「不可達成」，若僅依據「可達成的範圍」內來擬訂目標，一般而言，往往會訂出一個沒有意義的目標來。

縱使是稍顯困難的目標，希望能想盡辦法去思考「怎麼做才能達成目標」。

如此才會進步。

「維持現狀就是落伍」。

【第五十五則】應有生意人樣

生意人樣，我想今昔相通不變。茲就個人經驗列舉以下的生意人樣：

*重視每天進帳金額的人；
*對支出審慎的人；
*儘可能少雇佣人的人；
*貫徹本業的人；
*能理解買賣對方心理的人；
*能考量買賣對方利益的人；
*擅長時間運用的人；
*對於顧客需求物品變化敏銳的人；
*對於同行動向敏銳的人；

＊能爲社會、爲人們著想的人。……等等。

以上所列舉的項目想要全都做到，儘管相當困難；但是毋庸置疑的，每一項都是身爲「生意人的根本」。

第五十六則　知道什麼是一流

上班族理當然要知道什麼是一流，一般人也有知道之必要。「一流」所指的對象包括人物、飯店、餐館、食品、衣服、周遭物品、禮儀、繪畫、音樂等等，種類繁多。

何以有知道「一流」的必要？因爲知道什麼是一流之後，才得以區隔「二流、三流」。

一般而言，以物品來說，一流的物品往往易於被認爲價格高而奢華，重要的是擁有也可以視爲是一種投資。

同時，縱使自己是二流的。但是，偶而一家人在一流餐館用餐、住宿一流飯店、在美術館鑑賞眞品美術等等，都有益於小孩的性情教育。

一第五十七則一 雜學

「雜學」根據字典的解釋，指非系統性的知識。此一雜學素養，非僅上班族有需要，一般人若爲不讓別人說你「閱歷不深」、「話題不足」、「專業白癡」等，亦有此一必要。平常吸收學習的方法林林總總，由於屬非系統性的知識，故無需深入，只要廣泛且知道個皮毛就行了。

雜學可以豐富你的「話題與想像力」，結果也豐富了你的人性。務期各位都成爲一個雜學的名家。

【第五十八則】共同責任

帶領部屬需注意的重要事項之一就是「責任」問題。

當你聽到「這件事由你負責來做。」和「這件事由大家共同負責來做。」這兩句話，其對責任的使命感孰重孰輕?!當然是後者對責任的使命感較爲薄弱。

因此，假定是由多數人共同執行的業務，還是指定一位負責人爲宜。

莫要發生「大家的責任，反倒是大家都不負責任」的情形。

【第五十九則】看看外界

許多上班族平時都僅往返家裏和公司之間。

無論是所會見的人，或是所看到的風景，也沒什麼變化。
倘若你對他說：「眞無趣啊！」這時，多會回答說：「怎會！根本就沒有那美國時間。」
然而，時間不是被給與的，而是由你自己創造的。
若無抱持積極與外界接觸以廣泛了解世事的態度，你終將無法創造時間與機會。
結果你在公司裏面很可能會只是一個無趣的員工，待到退休。
「看看外界」，直接的，對自己個人有利；間接的，是對公司有益。
縱使是一時興起毅然決然想跳脫「窠臼」去呼吸和向來不同的空氣，或許會有「什麼」新的發現也說不定。
故步自封是上班族最大的天敵。

第六十則　單身赴任

筆者從三十年單身赴任的經驗來向各位報告一些寶貴的心得，務必請大家：

＊注意身心健康管理；

＊與家人保持對話與聯繫；

＊莫要浪費。……等三點。

在單身赴任後幾個月內，是會嘖嘖稱讚從家庭束縛中解放出來的自由。然而，過沒多久就會察覺到「所謂的自由是要在一定的拘束下方才成立的」，而無限制的自由並非是眞正的自由。

單身赴任時，吾人能否察覺到這一點，是使工作與個人生活兩相得宜之關鍵所在；一些失敗的例子，諸多起因於對自由錯誤認知所造成的。

第六十一則 缺點攤在陽光下

每一個人都會想要隱藏自己的缺點。

但是，在工作上，

*動作緩慢類型的人；

*判斷力、決策力遲鈍的人；

*缺乏（人、事）彙總能力的人。……等類型的人。

還是把自己的缺點攤開來，以獲得上司的指點、同儕和部屬的協助爲宜。在承認自己缺點之後，所戮力於工作的姿態，往往反而會因「具有人性而博得他人的好感」。

但是，未察覺自己缺點的人，則不在此限。

第六十二則 回到原點請示

上司交付的工作，在中間作業的階段，會發生「總是不順」的情形。

其主要原因多起因於「對工作的方向性欠缺理解，甚至於有誤解」情事。

因此，當事情遭遇停滯不前時，不要怕麻煩，應該再一次回到原點，請求上司指點迷津，重新確認方向性。

此一方向性一旦有誤，只會讓你徒勞無功，浪費時間。

假如是一件要求必須快速完成的工作，剔除你回頭請求上司指點的負面因素，終究可以避免身陷「欲速則不達」的窘境，獲致良好的結果。

第六十三則　口號

舉凡有「全體員工團結一致，努力達成本年度的○○目標」等情形時，口號作爲激勵整合員工士氣的一種手段，非常有效。

擬訂口號時需注意以下三點：

*銷售目標、數量，以及期間等，需有具體的數值目標；

*目標應設定在能夠與不能夠達成的範圍邊緣；

*目標標示宜簡短易懂。

尤其是這裏所講的「達成的範圍邊緣」更屬重要。簡單的目標，即便達成也無法獲致滿足感，更無法激勵挑戰下一個目標的欲望。

【第六十四則】「普」之重要性

話語帶「普」字的有：「普段」（平常）和「普通」（一般）。

「就按平常一樣行事。」

「不會做超過『一般』的事。」這兩句話，不僅在公司裏面，到其他各處也都一樣，聽似容易，實做很難。

凡是人，誰都會有希望自己搶眼、引人注目等的欲望。

然而，我要建議你特別是在公司內要克制一下此一欲望爲宜。

理由是，不尋常或是不普通的行爲，多所攪亂你自己本身的生活步調，成爲失敗的主要原因。

第六十五則　心

用心、細心、多心、使留心等，這個「心」字堪稱是上班族的罩門。

簡單明瞭地說：員工要是沒能用心、細心、多心、使留心的話，是沒有將來性可言的。

這個「心」是異常細膩的東西，不同於神經質的層次，堪稱是一種身體力行的工夫（footwork）。

當你察覺到早已被踢到一旁種種，在悔不當初之前，還是多加小心為要。

第六十六則 拒絕方式

基本上，「拒絕」時，要比「允諾」更需要以禮貌和誠意來說明拒絕的理由，這事非常重要。

不論對方是公司內或公司外的人，要是拒絕不當，連帶的會給其他的事情也帶來不良的影響。

反之，倘若拒絕得宜，則被拒絕的對方會受你感動，而增進彼此信賴關係的，不乏此類的事例。

「誠意」，不論在什麼樣的場合，堪稱是說服對方、令對方信服的有力武器。

第六十七則 禁止帶進公司

「政治」、「宗教」和「家庭」這三樣東西不得帶進公司裏。

這三項屬於私領域，與公司的其他人等無關。

尤其是政治和宗教，更不應該勸誘他人或強加於人。

同時，家庭百分之百純屬於私人空間，基本上還是不要帶進公司為宜。

惟對於平時極為親近的上司或同僚間的對話，當然是可以觸及這些範圍；不過，即便是如此，亦不宜驕矜自誇而大吹大擂。

第六十八則　遵從決定

一切事項或懸而待決之事項，在做決定期間，負責的各該局處或專案小組會進行意見交換或召開討論會，你當可以自由豁達地陳述己見。

在此一過程中，有贊成意見、有反對意見是理所當然的，問題是在上司一旦做出一定的結論之後，你應該持以何種態度面對。

經常會發生的實際例子有：

*發言或表態說：「我是反對的，我無法幫忙。」

*批評上司：「怎會做出這樣的決定？」

*逢人問說：「你也反對吧！」去邀集贊同己見的人。……等等。

一旦做了決定，然而相關人員若不遵循的話，組織根本無法運作。

最糟糕的情形是假定該案子萬一失敗的話，就會有人四處說：「你看嘛！」或是說「所以說我反對，然而……」。

我奉勸會這麼說或者持這種態度的人轉行到個體事業去。

【第六十九則】洋文字

怎麼也無法轉換成日文的洋文字另當別論，但是一些「意思不清」或「根本無需以洋文標識的東西」等等，卻在公司隨處可見。

使用這些洋文字者的意識當中，吾人隱約可見其對於知識的驕矜，以及帶有「你大概不懂吧」的優越感種種。也不知怎地，就只有個性輕率的人才有強烈喜好使用洋文之傾向。

這一點，說起來中國人是了不起的。從「文字乃文化也」的自尊心爲出發點，將外來語也全都以漢字註記呈現。

譬如：Coca-Cola（可口可樂）、Internet（電腦網路、網際網路）、perso（nal）com（puter）（個人電腦）、lighter（打火機）等等，將物品的本質巧妙地轉換成漢字的作法，應值得學習。

昔日，總公司的通函當中，將「service」（服務）、「store image」（對商店的印象）、「merchandising」（商品供應計畫）以簡語「S.S.M.」做呈現。然而，「S.S.M.」在美國是Same Sex Marriage（同性戀者結婚）之簡稱耶，不得不謹慎。

第七十則 個人投資

投資的對象有股票、土地、房屋等多種。
上班族最具代表性的投資對象就是「股票」。
當然，投資者當中，有賺錢的人、有虧損的人，也有當作資產長期投資保有的人，形形色色。
素有股神之稱的邱永漢先生曾講過許多金言良語，其中「買了就別把它掛記在心頭」、「別將日常必要的生活費拿來買股票」等，屬寶貴的忠告。上班族賺取本職工作以外的收入並非壞事；但是，有一部分人過於熱衷而妨礙到公司業務的遂行，甚至於也有借錢玩股票搞得家庭破碎的人。
總而言之，懂得量力而爲，戮力於本職工作，才是最「安全且確實的投資」。

第七十一則 辦公用品

雖然不是新進員工的教育，但是「愛惜辦公用品」的精神，是不容許拋諸腦後的。

各式各樣的辦公用品當中，原子筆是最不容易被意識到是「公司的物品」。

多半的人將原子筆帶回家不會有什麼感覺、也不會有犯罪意識，正因爲這個緣故，反倒是不好處理。

儘管有諸多對策可資考慮，僅就下列兩點提供總務人員執行參考。

*在下班員工離開公司的出口處擺一個桶子，由總務人員在一旁提醒著說：「請將公司的原子筆放入桶子內。」（確實是可以收到令人驚訝的數量。）

*最不得已的情形是辦公用品不提供原子筆，要求員工自備。

如此，透過一個具體例子，對公司上到下全體員工就辦公用品使用思維以及意識進行再教育，也是時而必要的。

【第七十二則】最後修飾

如「最後修飾得好」一般，所謂的「最後修飾」就是一件事情大致完成的時候，爲了使成果「更爲實在、更好」所做的加工收尾工作。

園藝師在完成修剪庭院花草樹木之後，請這家主人檢視之前，將剪下的枝、葉清理乾淨，並施以澆水，正是最後修飾的動作。

譬如：要提出企畫書等書類資料時，

＊封面的標題是否適切？

＊別字和數字是否已做檢查？

＊文句敘述是否通順？……等。

最後的檢查是很重要的。

一如格諺所云：「結果好，一切好。」最後的修飾一有差池，只要是些微的失誤就有將辛勞化為泡影之虞，務請注意。

第七十三則　缺乏警惕

人處於什麼樣的狀態下會「缺乏警惕」？茲列舉以下幾種情形做說明：

＊自己對公司貢獻評價過大的時候（要是沒有我的話……）。

＊過度的信用、信賴特定的人的時候（只有那個人我信得過……）。

＊多數的人朝同一方向推進的時候（大家一起闖，沒事……）。

＊失誤或損失評價過小的時候（這一丁點小事，不會怎樣……）。

等等。

當你想到「怎會這樣?!」時，後悔已經來不及了。

平時就得不斷要求自己小心注意。

【第七十四則】暫緩辦理

標題是「問題擱著暫緩處理」等情形時所使用的話語。

在公司業務方面是會發生這種情形的，問題是什麼原因使然。

*公司內部（或者是和公司外）的調整困難。

*一定期間內難以完成的計畫（書）。……等情形很多。

然而，若原因是出自於公司內部的問題，還是不要擱著暫緩處理。

應該立即進行公司內部的調整，盡量努力趕在期限內完成。

假如，擱著暫緩處理也不至於發生公司利益上問題的話，則可斷定這案子本身的價值不高。

第七十五則 「無」字頭

公司裏經常使用「無」字頭的字。

諸如：無用、無理、無視、無斷（擅自）、無意識、無意義、無益、無援、無感覺、無軌道（越軌）、無氣力（沒精神）、無計畫、無口（沉默寡言）、無下（冷淡）、無責任、無效、無策、無禮（沒有禮貌）、無照、無慈悲（冷酷無情）、無神經（反應遲鈍）、無茶（胡亂）、無分別（輕率）、無鐵砲（莽撞）、無能、無謀（欠斟酌）、無理解（不理解）、無力、無頓著（不經心）等等，多得不勝枚舉。

這些字的意思沒有一個是好的。

雖說無中生有。然而，這個「無」字頭是生不出什麼東西來的。

重要的是在於努力從你的「行動」、「判斷」、「性格」中去多消除一個「無」字頭的字。

第七十六則 掌握整體

整體是由部分所構成的。

公司組織也一樣，是由業務內容做區隔，稱〇〇部門（司、局、處、室等）的單位（部分）所組成的一個集合體。

公司業務經常是跨數個「部」的聯合運作，少有單一個部門可以獨力完成的。因此，分配給「部門」單位或每一位員工的，多半只是「該單位所轄的工作」而已。然而，僅以部門認知開展的工作，往往欠缺整體的整合性，或是部門間相互的整合性。

進到「各部門」服務之前，先確認整體群像或方向性，事屬重要。

第七十七則 設身處地

每一次、每一件事並非都得這麼做，視時間、場合而定，站在「對方的立場」去處身設想也是重要的。

譬如：

＊和其他公司的談判事項陷入僵局的時候；

＊上司指示事項難以接納的時候；

＊部屬工作上失誤提醒注意的時候。……等等。

談判為了獲致結果，不單只是要有體諒對方的心情，彼此也都需要持以互相讓步、相互理解的態度。

「為何」談判陷入僵局？「為何」上司要這麼指示？「為何」部屬會發生這般失誤？當你自己站在對方立場（相反立場）思考「為什麼」的時候，相信你可以「參透過去所沒能想到的事」來。

「第七十八則」持續努力

如格諺所云：「持續就是力量」，「持續」依事項和次第而定，爲人所被要求的一種基本行動，對象有多種。

譬如：

*埋首於一件事情，「花長時間努力去完成它」。

*維持或提升業績，「努力使公司發展」。

*創業者的經營理念，往後也「努力維護」。

*不浪費，每個月多少存一點錢，「努力以備將來」。……等等。

「持續努力」所產生出來的是「力量」，平時不努力，當「哪一天突然需要」時，是生不出力量來的。

與人建立友好信賴關係亦不例外。

第七十九則　上下左右交叉思考

一個課題、一個失敗等等，我們要思考的對象有各式各樣，惟一件事情不得僅以單一觀點來做思考。對思考的方法，我聽人說是：「縱的上下、橫的左右，從四方做十字的交叉思考，事屬重要。」

當我們從各個角度來探討課題所具意義和意思時，或者是從各個角度思考失敗的原因等等，所要求的就是此一「從一切角度」去做思考的方法。

此一思考方法乃工作上非常重要的「觀察事物方法的角度問題」，同時有益於鍛鍊你的腦力。

第八十則 不經意的一句話

吾人會有講了原本「可以不講的一句話」而感到後悔的事。然而，這一句話是致命傷，並在事後使得上班族人生深陷黑暗的例子無可計數。

當人說出「不經意的一句話」時的心理狀態如下：

*事情成功想提高自己的評價時（「要是沒我的話……」的心境）。

*事情失敗被論及責任問題時（「不是我幹的……」的心境）。

*遭上司責備退席時（氣血上頭時所撂下的狠話）。

*與友好同僚間對話時（心情鬆懈時候）。

當人遇到「想出風頭」、「想規避責任」、「氣上心頭」等情形時，就會口吐心裏話，一旦講出口的話語，是難以收回的。

無論發生任何情形，宜請冷靜因應，養成絕不輕言「不經意的一句話」的習慣。

第八十一則　有自信

你在執行目前的工作或被指派的工作時，「即使你沒有自信」，也千萬不得讓人看出你心虛的態度。

因爲，你以一副沒自信的樣子去執行該工作，不但上司心裏會感到「不放心」，也很難得到同僚的「幫忙」。

「自信就是信賴你自己。」因此，希望你抱持自己絕對能把事情做成功的堅強決心。

但是，過度自信的發言以及態度，會給予周遭的人以不愉快的心情，萬一失敗的時候，所帶來的反作用大，而且帶來反效果，必須注意。

INK PUBLISHING

讀者服務卡

您買的書是：＿＿＿＿＿＿＿＿＿＿＿＿＿＿＿＿＿＿＿＿＿＿＿＿

生日：＿＿＿＿年＿＿＿＿月＿＿＿＿日

學歷：□國中　□高中　□大專　□研究所（含以上）

職業：□軍　□公　□教育　□商　□農

□服務業　□自由業　□學生　□家管

□製造業　□銷售員　□資訊業　□大衆傳播

□醫藥業　□交通業　□貿易業　□其他＿＿＿＿＿＿＿＿

購買的日期：＿＿＿＿年＿＿＿＿月＿＿＿＿日

購書地點：□書店　□書展　□書報攤　□郵購　□直銷　□贈閱　□其他

您從那裡得知本書：□書店　□報紙　□雜誌　□網路　□親友介紹

□DM傳單　□廣播　□電視　□其他

您對本書的評價：（請填代號 1.非常滿意 2.滿意 3.普通 4.不滿意 5.非常不滿意）

內容＿＿＿　封面設計＿＿＿　版面設計＿＿＿

讀完本書後您覺得：

1.□非常喜歡　2.□喜歡　3.□普通　4.□不喜歡　5.□非常不喜歡

您對於本書建議：

感謝您的惠顧，為了提供更好的服務，請填妥各欄資料，將讀者服務卡直接寄回或傳真本社，我們將隨時提供最新的出版、活動等相關訊息。

讀者服務專線：（02）2228-1626　讀者傳真專線：（02）2228-1598

廣	告		回		信
台	灣	北	區	郵	政
管	理	局	登	記	證
北台字第15949號					

235-62
台北縣中和市中正路800號13樓之3

印刻出版有限公司　收

讀者服務部

姓名：＿＿＿＿＿＿＿＿　性別：□男　□女

郵遞區號：＿＿＿＿＿＿

地址：＿＿＿＿＿＿＿＿＿＿＿＿＿＿

電話：(日)＿＿＿＿＿＿＿＿(夜)＿＿＿＿＿＿＿＿

傳真：＿＿＿＿＿＿＿＿

e-mail：＿＿＿＿＿＿＿＿＿＿＿＿＿＿

INK

第八十二則　考察同行

誠如格諺所云：「知己知彼，百戰百勝。」從事零售業的人，只要時間許可（可能的話定期），奉勸你考察一下同行。

考察重點因負責部門而異，譬如：銷售部門、採購部門的人則考察「來店顧客情形、備齊貨色狀況、自家公司沒有的商品，什麼樣的品牌、擺設等等，招徠客人的商品面相」等；促銷、宣傳人員則考察「舉辦活動內容、會場攤位與氣氛、媒體的種類與表現」等。

重要的是比自家公司好的優點自然要學習；而比自家公司差的缺點，則可當作反面教材看待。

察覺到的每一項，爲免忘記，一般是在雜記本上把它給記下來，當然也有不方便做筆記的情形，則可在店內邊走邊將重點以錄音方式錄下來。

第八十三則 YES、NO

不論是我方或是對方，常會有難以明確說「yes」或「no」的情事。

遇到這種情形，暫時可做以下之陳述：

＊「請給我時間以資再次研究」；

＊「讓我跟上司商議之後再給您答覆」……等，屬具代表性的例子。

一般而言，這些陳述，在日後說「yes」的可能性極低。

我方無論如何都要使對方說「yes」時，有以下幾種可資考慮的方法：

＊再次檢討對方的「好處」；

＊約定再次協商的「機會」；

＊拿出「誠意」更進一步強調「必要性」。……等。

要是以上方法都無法奏效，「暫時抽退」也是一種方法。

第八十四則 眼睛

如「眼睛比嘴巴更能說話」格諺所云，眼睛具有多種表達功能。

*悲傷的眼睛　*不安的眼睛

*瞇笑的眼睛

*生氣的眼睛　*鄙視的眼睛　*控訴的眼睛

*恐懼的眼睛　*自信的眼睛……等。

人的「喜怒哀樂」全由眼睛表達出來。然而，在公司裏有可以使出的眼睛和不得使出的眼睛。即便是說話謹慎小心，但「不知不覺中」仍會從你的眼睛表現出來。

由於是出自一種感情的表現，因此要控制很難。但是，至少在公司裏，希望內心要經常使出「讓人抱以好感的眼睛」。

第八十五則 犒勞

犒勞對象如果是公司內部的話，則無關上下職務關係。但是，再怎麼說，犒勞部屬的情形爲多。而犒勞用語各式各樣，其代表的例子，如：「辛苦了。」（若是下對上則說：「您辛苦了！」）

一件事情結束的時候，或是外出返回公司的時候等等，對於部屬的行動或努力，有沒有說一聲：「辛苦了。」對日後和部屬在溝通上會產生很大的差別。

「辛苦了。」一句話，蘊含著對部屬的「肯定」、「評價」以及「感謝」等意思。爲期在公司裏的人際關係更爲圓融，是一句彼此都有必要互道的話。

第八十六則 承認錯誤

自己發現到自己錯誤，但卻不擬認錯者，大有人在。這種態度遠比錯誤對渠本人更具負面影響。一旦遭人指出錯誤，若屬實就應該當場認錯，說一聲：「未來會注意」的反省話語為佳。

子曰：「過者勿憚改」。試圖以巧妙理由逃避責任的發言或態度，乃「有百害而無一利」。

第八十七則　推測發言

＊我想大概是〇〇〇。

＊我想確實〇〇〇也一樣。

＊我想或許會變成〇〇〇。……等。

這種來自話語句首的「大概」、「確實」、「或許」用語有如預測股市行情一般，屬於不切實際、欠缺確實性的發言；在公司裏頭，特別是回答上司問題時，還是列爲禁忌，避免爲佳。

其非關推測「對」與「不對」的問題，而是凡事盡是輕言說些不確切性的個性與態度的問題。

當被問到不清楚事情的時候，奉勸還是「先做調查後再做報告」爲宜。

第八十八則　海外工作是機會

無論你所負責的工作是生產還是銷售部門，假如有派赴國外機會的話，奉勸各位要積極應允接受。

其好處是：

*可以透過駐地生活和廣泛的人際交流，獲取生活體驗。

*可以學習外語。

*較多推銷自己的機會。譬如：運用給總經理寄遞定期報告書、以及在海外駐地和總經理、董監事們晤談、餐敘等的機會。

*工作的範疇廣泛，有工作意義。……等等。

若從包括自我反省在內來說，海外工作可定義爲既是「爲了自己」，同時也是「爲了家人」。家庭的每位成員，可以透過個人的生活體驗，將海外工作視爲是對自己人生有所助益的絕佳機會。

第八十九則　好用的人

當我們命令部下做事時，常常會思考要「把這項工作交代誰做？」

指名的基準固然很多，但往往會是把工作交給「好用的人」。

因此，好用的人工作量就會很多，也較辛苦。但是，由於經驗的日積月累，好用的人會比別人更快速精通於工作，可以成為該部門的核心人物。

反之，工作是不會交給有能力但「難用的人」，從而此難用的人也會因此喪失鬥志，遠離核心。這種例子比比皆是。

成為好用的人，其最大的重點是：無論做任何工作都是「好！我試看看！」由肯定面切入的人。而難用的人會說：「做是會做啦！不過問題很多！」這種類型的人在做事之前就先表示否定見解。

首先，「成為好用的人」，對上班族是很重要的。

第九十則　偏見

連吃都不吃，光看就說不喜歡的人就叫「食ねず嫌い」（kuwazugirai）。

同樣的，用於工作的場合，有人在還沒做之前就認定不適合、不會做而充耳不聞。其性格一言以蔽之，就是「缺乏積極性」。雖然心裏覺得「不喜歡」。但是，既然是工作，還是努力以赴對本人會有所助益的。惟所必須克服的就是不得逃避，當下或許逃得了一時，將來一定會再遇到被差遣同樣的工作。

各位務必認清抱以「先試試看」的積極行動，方可「開闢未來坦途」。

【第九十一則】失敗

關於「失敗」，請參考下列三句中文的諺語：

＊觀過知仁。——《論語》

（觀察一個人失敗時的應對方式，就可以了解這一個人。）

＊善游者溺，善騎者墜。——《淮南子》

（自己擅長的事反而較多失敗。）

＊前車乃爲後車之鑑。——《漢書》

（前人的失敗是後人的警惕。）

該從「失敗」學習的事情很多。

【第九十二則】性騷擾

最近經常聽聞只因爲一句小小的玩笑話而被指控性騷擾，乃致失去立場的人（特別是男性）很多。

細聽之下，不禁也會令人懷疑：那一丁點兒事怎麼會是性騷擾呢？（或許是本人認知不夠吧？）

性騷擾是被騷擾者的情感問題。A、B兩人一樣的發言、一樣的行爲，A被指控性騷擾，B則反而被對方認爲是愛的表現或親暱的表現。

因此，防止被指控性騷擾的對策就是「開玩笑要適可而止」。同時，爲了避免女職員指控你性騷擾，宜注重平常的溝通。

【第九十三則】員工宿舍生活

若是住在公司的員工宿舍，家庭成員必須要注意的地方有很多。列舉如下：

*不得談論有關公司內的「人」事（諸如：壞話、人事、流言等）。

*不讓太太講自己先生、小孩「得意的事」。

*最好不要談論有關公司的「工作」（諸如：企畫、新商品、會議內容、成功的事、失敗的事等）。

*不要比同住宿舍上司的家庭過更「闊綽的生活」。

在後面的篇章中也會提到，正如公司裏頭沒有眞正的朋友一般，住在員工宿舍裏的太太們也沒有可以眞正交心的人。先生在公司奮力從公，太太們在宿舍同樣展開「熾熱的心理戰」。猜測、疑問、嫉妒、告密、造謠中傷、羨慕等，這些類如「後宮」種種恐怖事情一如漩渦般糾葛在一起。

但是，也不需要因爲這樣就提心吊膽過日，告訴家人凡事「普通、低調」就行了。

第九十四則　在意

公司裏需要「在意」的對象或事務很多。譬如：

*人們的傳言　*女性職員的批評　*獎金、加薪

*工作的成果　*人事異動　*會議結論

*議案審批　*上司、部下的眼光……等等。

「在意」是「關心」的表徵。反之，「不在意」就是「聽天由命」，可說是草率的、逃避現實。

「薪資」、「獎金」、「能力」、「考評」、「升遷」、「名氣」等，可以和同仁比較的部分，就盡量去比，把它當作自己發奮圖強的材料即可。

如果你變得什麼事都不在意時，那你最好說你已經The End。

第九十五則 販促活動

奉勸各位，在擬訂企畫時當然要有一強烈訴求的中心主題。同時，企畫部門的全體成員還要一同討論「哪些事項是與該主題有關的？」

舉個淺顯易懂的例子說明，譬如：以「母親節」為中心主題來說，光是以「康乃馨與禮物」為訴求是不夠的，大同小異的企畫比比皆是，倘欠缺獨創性，了無新意，是難以吸引顧客的。

相關的活動內涵，譬如：「母親肖像畫展」、「親子服裝秀」、「親子料理教室」等，舉辦參加型且具有附加話題性的活動也是很重要的。

舉辦販促活動時，怎麼說都會以「物」為中心考量，若能加上「事」來擴大企畫，是要有別於同業公司行號以及吸引客力面相上所必須追求的重點。

第九十六則 滿足

「行了！」「這回做得不錯！」「已經盡力了！」等，任何一位上班族在工作結束時，都會陶醉在一定的滿足感之中。

但是，暫時的滿足是可以的，卻不得就此結束收手。所有的工作都是跟有限的時間比賽，正因爲如此，絕不可能這次的工作做到滿分一百分。而爲了有利下次工作的參考，必須回過頭來反思：

＊這樣就可以了嗎？

＊下一次該反省的爲何？

＊有無做得不圓滿的地方？

＊還有沒有其他的想法？……等等，這些非常的重要。

當我們不斷反覆進行「工作」→「反省」→「工作」→「反省」，將會更加提升你的「滿足度和完成度」，使你成爲一個專家。

希望能了解到：很容易、立刻就滿足的人是不會進步的。

第九十七則 媒人

敦請公司同僚當媒人時需注意以下兩點：

＊切莫請託總經理、專務董事、常務董事等位居高層的人。

＊若不擬拜託直屬上司時，得事先告知原因，並求取諒解。

拜託總經理或高層充當媒人時，其本人或家長下意識裏，必定會有「對年輕人將來升遷會有好處」的盤算。當然，我們不否定這種思維。但事實上眞正對其未來能帶給好影響的例子，則少之又少。因爲，一般而言，公司居高位的人歲數都較高，與新婚的該當事者年齡差距甚大。年輕人往後的日子長長久久，然而這些高層的影響力是無以長久期待的。

何況，總經理更迭往往繫因弊案或業績不佳而下台的，宜將其負面影響列入一併考慮爲佳。

精打細算的結果，到頭來未必能如願以償的例子，最具代表性的堪稱是敦請總經理當媒人。奉勸各位，媒人最好是請公司以外的人擔任。

第九十八則 各種基本財務報表

姑且先別論對所擔任的實際業務是否直接有所助益，希望大家學學看懂各種基本財務報表。

至少，必須具備對營業利益、掌握經常利益實際情況和借貸對照表、損益計算表等財務報表的分析和解讀等知識。

掌握整體情況的重要性在之前的篇章中業已提過，這些各種財務報表是了解公司總體現況最合宜的資料。

掌握整體現況，可以增廣你對貴公司以及目前工作的看法、想法的「角度」，並且能期待你處理事情將可以因此而更爲「機靈」的效果。

很多人不擅長看報表。然而，奉勸各位，身爲公司職工，這是一定得學的「基礎」能力之一。

【第九十九則】該捨就捨

公司裏有很多東西最好是把它丟掉。譬如：

*成堆的陳舊資料。

*不必要的資訊。

*保存期間過期的傳票類。

*占用倉庫老舊的事務用品。

*發揮不了作用的職員、幹部、董事。

*沒指望的計畫、企畫、研究、試製品。

*連續赤字，無以轉虧為盈的子公司、相關企業。

*虧損的契約。等等。

該「丟掉」、「撤除」、「解雇」、「死心」、「解散」、「廢止」的很多。任何一項對公司而言都是非必要的，越早廢除越好。

自己周邊、自己的部門、公司裏是否有類似不要的東西，平常就必須注意詳加檢查。

第一○○則 為報告而報告的業務

「看上面的臉色行事」其典型的例子，就是這種為報告而寫報告的報告業務。

自己執行完成的業務，爲了向上司邀功以期得到肯定而寫的成果報告書之類的作爲，堪稱是「極度欠缺生產性的業務」。

無論是口頭報告或是書面報告，應力求「簡潔」，刻意花時間爲己宣傳所寫的報告書種種，根本不值一談，爲上司者應該嚴厲指正是好。

不了解現場第一線的辛苦，成天坐在辦公桌前辦公的總公司的中階幹部當中，不乏其人喜歡搞這種玩意兒，至屬遺憾。

サラリーマン

~つれづれぐさ~

應用篇

第一〇一則　日日如戰場

上班族是戰士，公司是主戰場。

什麼時候？會從何處飛來一支冷箭？

什麼時候？哪一個人會從背後砍你一刀？不得而知。

小小的疏忽會要你的命。

小小的發言將成致命傷。

小小的流言將使你無處容身。

也有「笑裏藏刀」的人。

很遺憾的，這些現象實際上都是存在的。但吾人亦不可因此而心生恐懼。

自然，每個人都希望自己在公司工作得以祥和樂利、陽光，與周圍的人協作互動良好，受到上司或部屬的愛戴，同時是被肯定的。

但是，即便是如此，切記也得有周圍的人是敵人、「一丁點小疏忽可能命喪戰場」的居安思危想法，每天戰袍護身，勤奮工作，莫要掉以輕心。

第一〇二則　上班族教戰書的誤導

有些教戰書冊，光看標題就令人心生恐懼。譬如：

*排除眾議固執己見。
*挑戰可能性低的任務。
*不要怕風險。
*做與別人不同的事。
*勿成爲無名英雄。

*經常都是我行我素。
*勿當場圓滿收場。
*展現旺盛的企圖心。
*成爲招風的那棵大樹。
*直言不諱。等等，形形色色。
大學教授、企業高層、○○企管顧問公司的人多所做這一類的主張。
的確，上述載列條項中，當然也有「做得到自屬理想」的項目。但是，在實際情況下要做到可不容易。
奉勸各位上班族，與其學習極少數堅持「一己主張」獲致「成功的例子」，不如從多數的「失敗例子」當中，去學習教訓，來得實用。

第一〇三則 固定

公司裏有許多「固定的對象」。大致可分類爲人、物、金錢三大類。

「固定」二字恰如其字意，缺乏彈性，致使難以因應變化。因此，各單位經常會被要求得努力去調低營業費、正職人員、資產等每一項目的固定比率。

極端而論，「摒棄固定」乃公司經營當中最爲重要的大事。

因此，有越來越多的公司，儘管平時極力壓低員工的固定薪資，一旦公司經營有了盈餘之後，再以調整年終獎金去做彌補的道理也就在此。

第一〇四則 拖周遭的人下水

一切事情都在人與人的相互關係中搞定。

這個關係指的是與上司、同事、部屬的關係，以及和公司以外的人際關係。

一如「第四則」內文所述，即便是你一個人所被交付的工作。但是，最好還是儘可能地將周遭的人都給拖下水來，多借助他們的力量爲佳。

結果，假如事情辦成功了，就感謝稱是拜周遭的人相挺所賜；若是失敗了，就檢討說是自己努力不夠。

我們必須考慮到：把周遭的人拖下水獲至成功，即便其貢獻度僅有二十%，總比單獨一個人執行而不把周遭的人拖下水以致失敗的百分之一百風險，其保平安度當然是來得高。

第一〇五則 建立人脈

「建立人脈」即是建立人際關係，尤其重要的是建立與公司外的人脈。

顧客、交易銀行、下包工廠、供貨廠商、法律、會計事務所等，一家公司有各種的「公司外」人脈。

由於所屬部門互異，與外部的接觸度也就不同。總之：就是要把握各種機會與人見面晤談。

如此，不但可以收集在公司內得不到的資訊，同時也可以聽取外部對公司的意見和看法。

面談時，貫徹當一位熱心的聽眾，最好是將內容記錄下來。建議你往後按照所換來的名片地址，寫張謝函或季節性的問候信。漸次厚植人脈的程度，開拓人際關係的範疇。

第一〇六則　派系

這是個難題。

任何一家公司百分之百都存在著派系。

是否加入派系，得視時間點和場合而定。但是，加入之前應該注意的是仔細評估該派系及其領導人的「將來性與安定性」。

加入派系是爲了自己的將來與穩定發展著想，除此之外，別無更大的目的。

因此，很難判斷。應該注意的有兩點：

＊會否加入一個不平不滿分子集合體的派系。

＊會否游走於此派系、彼派系之間。

切忌讓自己成爲《伊索寓言》中那一隻任何一方都不予理睬的蝙蝠喔。

第一〇七則 勿從否定切入

來自上司的指示或命令當中，可以肯定的以及不能肯定的部分攙雜在一起的情形很多，開會也是一樣。

在這些場合，若要表達自己的意見時，切勿直接以「困難」、「無法贊成」、「最好作罷」等否定語詞切入。任何指示或意見當中一定有你可以同意的部分。

這個部分最好先給予肯定，接著慎選適當措詞以表達否定之意。

從肯定或否定的任何一方切入，其結果或許都一樣也說不定，但給對方的印象則會大爲不同。

第一〇八則 整根（事前協商）

「整根」這個詞聽起來總覺得有點陌生。然而，它是任何一個組織體（政治、官僚、公司等等）當中，所不可或缺的行爲。

日文「整根」一語是源自移植大樹時，先整根再用蒲包包住，使之易於搬動的作業。因此，用於欲讓某一重大議案順利通過所進行事前的意見協調、遊說工作之意。

事前協商是議案、企畫等在獲得高層核可前，上呈過程中重要的前置作業。因此坊間才會有「協商能力強即是工作能力強」的說法。協商順利成功的主要關鍵在於向對方訴求時的熱誠以及來自平時的溝通。

在協商作業的過程當中，最應注意的一點是不要搞錯協商對象。搞錯對象，非但無以整根，反倒弄巧成拙，大樹還會倒向自己，把你給壓垮了，別得不償失。

第一〇九則 隨順大勢之所趨

當腦際浮現隨順與抗拒大勢所趨的利弊得失時，究竟吾人應該說「遺憾」？還是「理當然爾」?!一般不把利弊得失當問題的人就另當別論，總的來說，往往隨順的人較多獲利。

在描寫上班族影片或漫畫中所看到的那種抗拒隨順的幼稚正義感等等，儘是一些不切實際的故事，那一種抗拒根本沒有需要，且毫無利益。

隨順方法在你面對抉擇時，自然可獲致學習。

無論如何都不想隨順的人，建議你表面上要裝作隨順的樣子。

如果連這一點都不想做的人，務請你要有此一最低限度的認識：「這個世界胳膊扭不過大腿，僅能順流撐船，隨波逐流。」

第一一〇則　找出反面教師

向成功的人借鏡學習固然重要，但是向失敗的人學習何以失敗，更是重要而且務實。

長久以來，人稱這是一個無需上班族的時代。平均起來，成功者與失敗者的比率，以後者居壓倒性的多。

正如公司一切措施當中有防火牆一般，同樣地，在公司服務的每個成員也得盡可能減輕風險，實乃聰明的生存之道。

公司對員工的考評標準，有加分主義和減分主義，首先宜思索面對減分主義該如何因應。

首先要加強防備，換句話說在考量如何成功致勝之前，請先考量如何才不至於失敗。

這不單純是一個積極性與消極性的問題，務必認識清楚。

第一二一則 規避

公司裏面，宜規避的有「人」以及「工作」兩個層面。

舉最應該規避的代表例子如下：

*人的層面

・規避不平不滿分子。

・規避前來借錢的人。

・規避素行不良的人。

・規避被公司盯上的人。……等等。

*工作的層面

・規避可能抵觸法律的工作。

・規避使上司顏面掃地的工作。

・規避無可期待成果的工作。……等等。

無論哪種層面，其判斷的基準都在於「利弊得失」。俗話說：「好漢不吃眼前虧」。此爲上班族務必奉行的鐵的法則。

第一二三則 模糊態度的效果

「fuzzy」一詞根據字典的解釋是「模糊」「曖昧」之意。

公司上班，各種場合會有逼迫你得做「左」、「右」或「yes」、「no」抉擇的情形很多。如果是主管，這種判斷是「決策能力」，是你主要職責之一。事情大小另當別論，一般的上班族必須自己做判斷的情形很多。

你此時的姿態，如果答案明確當然就沒問題，要是發生經理與課長意見分歧、有利與不利對抗等情事以致難做判斷時，舉凡非關自己的提案或企畫事項時，最好不要明確表達自己的意見或妄下判斷。

因為事情的可否判斷，並非一己之見就能做決定，所以最好是採取模糊的態度或是發言，亦即兩者皆可的發言。即便是錯誤，避免做決定性的發言，態度務必審慎。因為，明確表達己見，未必能產生良好的結果來。

如此作法毋需感到「卑鄙」。這一點，官僚的生存之道以及處世之術，是有許多可資學習借鏡之處。

第一二三則 解決問題的時機

企畫提案、各種議案，許多會議因為部門間彼此利害關係、相互權責爭議以及立場不同而發生意見難以整合情形。

這種情形需要的是「解決問題的時機」。政界裏面，歷任的國會對策主任委員都擅長此一能力。

最具代表的解決方法是「加總再除以二」。但是，此一方法在公司裏頭並不管用。因此，自己無論如何都期望獲得通過的企畫、議案，一定得事先想好如何因應反對以及不同的意見。

然後，隨處點綴一些可以撤回的妥協點，用以包裝好說什麼也不能讓步的部分。

換言之，就是所謂的「追加」。這是價格談判時慣用的手法。

當然，確定會通過的企畫、議案則毋需如此作爲。

第一一四則　上司的上司也很重要

原則上，部屬的考評是由直屬上司爲之。因此，上班族不論是誰都希望得到上司的賞識而用心努力。這種行動、想法並沒有錯，也不能否定。

但是，別忘了上司對他的上司也是一樣地費心。如果上司的上司對你的評價是「很能幹，是個優秀的職員」，那麼就沒有比此一評價更爲有力的，其結果也很明顯。

反之，則是最糟糕的情況了。

我的意思非指凡事都得看上司的臉色辦事。但是，既然考評對上班族而言是決定薪給和升遷的重要踏板，直屬上司不稍說，對上司的上司持以細心關懷也是很重要的。

【第一一五則】重視退休人員

甫自上班族身分獲得解脫的退休人員，剛退休之際，暫時會享受他的自由去，甚少會到公司露臉。但是，過些時候，很多人為打發時間仍然會回到公司走動走動。

當與這些退休人員碰面、搭話、接聽來電、展閱來信，乃至有事前來商議的時候，希望你將它視為是個大好機會，盡量有禮貌、親切地視如家親般地招呼或應對。

何以期望你這麼做？一來是對前輩表示尊敬、敬愛的意思；另一方面也是為了自己好。

自公司解甲歸田的退休人員，他們的存在很重要，自由而不受任何羈絆，對公司後輩幹部無所不談，且可直言不諱。

如果能與退休人員建立良好的人際關係而得到他們的支持，遠比仰仗現任能力差的上司來得有力量。

特別是派系色彩根深柢固的公司、官僚體系當中，退休人員還是有影響力。

第一二六則 醫師和律師

醫師保護我們的肉體健康，律師保護我們的身家性命。

醫師和律師是你公司上班以外，至高無尚的朋友，如果不可能當朋友，彼此認識也不錯。

在漫長的上班族人生當中，幾乎每一個人都會生病，得去看醫生。

醫生是否熟識，其應對程度會有不同；若是熟識的醫生，還可以向他們請益，商量一些事情。

情況若超乎你所熟識醫生的專業領域，會因爲醫生有很好的橫向聯繫，見識淵博，必要的時候，還可爲你介紹其他醫術精湛的專業醫師。

同樣地，律師對你而言也是重要的存在，遭逢萬一的時候，是你諮商的對象。

公司服務，隨著職位的提升，會面臨公司內外的種種法律問題。當然，這時可和法律顧問商量。但是，如果涉及個人切身問題時，情況就比較危險。

這時，你求助指點迷津對象，律師最屬適當。

但是，醫師與律師並非全都可靠，也有缺德的，選擇諮商對象時要格外審慎。

第一一七則 幹部的公司外人脈

前面曾經提過，任何一家公司都會有涉外的種種聯繫和關係。

因此，當然彼此就會有幹部或職員的相互交流，無論從正面的，或是負面的意義來講，這是一種「你幫我，我幫你」的互相幫助的關係。

主其事的人要把這些關係列入一時的利害得失計算，輕忽不得。同時，你也不可以提出令上司難以回答的問題，諸如詰問上司說：「爲什麼要指定這家公司？」其結果只會令你侷促不安，下回人事異動時，就大有可能會被列入異動名單之內。

比方說：庶務用品採購的供應廠商，新找來的B廠商，除非在價格以及品質上和過去一直有生意往來的A廠商相差甚遠者另當別論，若只是少許之差，最好還是選擇A廠商。

恕我說句抱歉的話，事實勝於雄辯，即使你選擇了B廠商，有些得失是無法取得平衡的。

第一一八則 公司會有真正的朋友嗎

這要看對「朋友」二字的解釋而定。公司裏面，是否有可以讓你絕對放心地把煩惱事情全都對他傾訴，或者是有彼此可以安心信賴的眞正朋友？我的答案是你最好要覺悟這種朋友並不存在。

當然會有可以信賴的上司、同事、部屬。但是，他們並不是朋友。毋庸置疑的，公司裏面，除了你自己之外，其他的每一個人都是你競爭的對手。只要是競爭，那就是一個爭勝負的世界。一切輕忽不得。雖然無需要將之老掛在嘴邊或表現在態度上，但是必須牢記在心。而且，這是爲了當有人出賣你的時候，可以將衝擊降到最低。

第一一九則 權限與責任、權利與義務

*權限與責任
權限與責任是相對立的關係。
僅握權限而不負責任的上司，和不授權而只一味追究責任的上司，都是最爛的上司。
遺憾的是近來這種上司很多。

*權利與義務
權利與義務也是相對立的關係。
不履行義務只主張權利的職員是最爛的職員。
也有職員只被要求盡義務而沒有權利。
遺憾的是近來這種職員很多。

第一二〇則 貫徹現場第一主義

「現場」最具代表性的行業是銷售、勸說、生產、建築等等，這些行業都有所謂的現場。不同於用腦的文書事務工作，現場是靠體力、流汗的勞動職場。

包括企業的領導人在內，要求全體員工都得體驗或熟悉此一最前線職場的工作。

總務、人事、財務等行政人員若不了解現場是無法發揮作用的。理由是後勤部門是對跑第一線——現場追蹤支援的單位。

坊間有「現場跑一百回」這麼一句刑事用語。

最初是趕赴案發現場，待蒐證遇到瓶頸時，再回到現場，一次再一次，重複回到現場，現場一定留有可資破案的線索。現場就是代表這種信念的用詞。

企業也是完全一樣。領導人必須有一個具體的因應體制，亦即得經常掌握現場的聲音、現場的提案，以及晉用包括服務於現場的優秀人才。

公司不是政府機關。

重要的是透過現場，以現場爲中心來遂行業務。

順便一提的是，如果後勤單位才是加官進爵的管道，這樣的公司業績許多會是蕭條不振的。

第一二二則 誰是下一代頂尖人物

身爲上班族，若能得到主管的提拔，那內心是最感踏實了。

不過，從年齡來考量，在自己的服務生涯當中，或許會更動好幾位主管。

因此，現在的主管固然重要。但是，隨著主管更迭，有時必須覺悟到因爲自己被提拔的反作用而招致的風險。爲了度過一個平安順利的上班族生涯，相準「下一位」主管，或「再下一位」主管是誰，也是迴避風險的一個方法。

誰是下一位主管？儘管大家心照不宣，但毋庸置疑的，它一定是中間幹部最關心的一件大事。

這類的人事話題，有人會佯裝得莫衷一是或一副「事不關己」的樣子，其實很多是比誰都要加倍來得關心。押寶押在誰身上，乃攸關決定自己前途一個重要的選擇。

這不是好與壞的問題，而是現實的問題，誠令人感到遺憾。

第一二三則 甲案、乙案

以我個人的經驗，許多上司凡事事必躬親，否則放心不下。這是身爲上司基於職責所在，乃理所當然的事。但是，該上司的能力若是有問題的話，那就糟糕透了。遇到這種上司，很有可能會在你所精心擘畫的企畫書等上面，用紅筆修修改改的，結果造成和你自己原先所企畫的意趣相去甚遠。

但是，我們又不能因爲害怕會如此就避而不提企畫案。這種情形之下，建議你研提甲案和乙案，以便兩案併陳。甲案是任何人看了都會覺得很好的企畫案，而乙案則是任何人看了都會覺得很不好的企畫案。

你將兩案一併提出，再問上司「哪一個方案較妥？」即可。換言之，這是一種藉由選擇的裁決行為，讓上司覺得有參與權而令其滿足的方法。

但是，偶而也會碰到上司說乙案好的情事，這一點要注意。

第一二三則　正視目前

一般認為，當總經理的眼光要會看到十年後；當董事的要會看到五年後；當處長或經理的要會看到三年後等等，必須具有「前瞻性的眼光」是身為幹部員工的基本常識。

當然，「應變」乃是企業的使命。既然如此，需具備這種前瞻性眼光的本身是不可否認的。最重要的還是當下、是本週、是本月、是今年。

當下若是無法提升實質的業績，該企業就沒有將來性可言。由公司一小部分的人來研究公司的未來，當然是好；惟無須讓很多人來參與。原因是不宜預見太過遙遠的將來，畢竟將來是建立在當下的延長線上。

第一二四則 性善說、性惡說

人性本善或人性本惡，見解分歧。吾人究竟應該根據善或惡的哪一個論說來行動，亦無一定的基準。

基本上，本人建議在家庭裏要基於性善說，而在公司裏要基於性惡說。

譬如：就拿公司的情形來說，是有許多「不可○○」的規則，而獎勵○○、表揚○○的規定卻很少。

換言之，公司是基於性惡說來營運的。因此，本人認爲在公司服務的員工，同樣可以基於性惡說來思考及行動。

「某某某怎麼可能……」不論公司或個人會做如此想法的情形很多。

特別是個人，爲了將遭人出賣時的衝擊降到最低，倘抱持「果眞不出所料」的想法，反倒可教人內心不至於那麼難過。

第一二五則 應付所討厭上司的對策

人類是感情的動物。因此，任何人都有喜歡與討厭的天性眞情。

但是，這種情緒是個人的天性，在公司裏，特別是「討厭的」情緒，最好不要表現出來。

問題是爲什麼會討厭那個上司呢？

如果是因爲工作速度太慢、不守規定、常出差錯等工作上的因素挨罵，因而討厭上司的話，那倒先要反省自己，事屬最爲重要。但是，對上司若有生理上的厭惡感的話，則另當別論。討厭就討厭，若形於臉色或態度上，那就不是成熟的大人所該做的事。表面佯裝服從就可以了。

第一三六則 同儕意見

同事的意見當中，有時是會含有毒素的。譬如：你把即將提出的計畫案事先告訴同事時，看看他當下的反應。

如果對方說：「○○君，你那個案子最好是不要提！」如此，很多情形是：提出來得好。因爲，同事在防範著案子一旦提出，你的評價會提升。

如果對方說：「○○君，這個案子很好！」那你最好還是再考慮考慮。因爲，同事在期待著案子一經提出，你的評價會滑落。

不論對方什麼反應，你只要簡單回答一句：「有道理。」即可，特別是所提的案子內容被誇獎時，更有必要再做考慮。率直地聽取別人的高見固然重要，但是解讀人原本複雜心理的能力也是很重要的。

第一二七則 押對寶

談此一話題時，本人對於會被說：「太會算計了！」已經有所覺悟。

執筆以來，本人已經重複再三：上班族的生活是一種戰鬥。

既然是戰鬥，當然就一定會執著勝負的問題。優勝馬是締造漂亮的業績，使勁奔馳於公司中央大道的馬，爲了讓自己的工作也能獲致同樣的成果，就該騎上這匹馬而毋庸躊躇。

「太會算計了！」、「骯髒！」等惡口惡言，無非都是失敗者裹著糖衣的自我解嘲。

但必須注意的，莫要混淆其意而徒流於「盲從」。

第一二八則 公司不名譽事

發生弊案會對公司造成什麼樣的影響？如果用文字敘述，將會是長篇大論。因此，選擇用簡單圖表敘述。

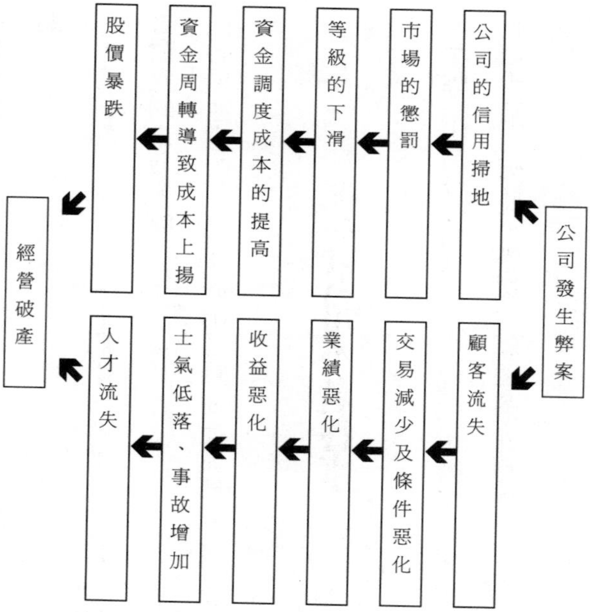

形成負螺旋形的下降。

一般而言，職員面對弊案，欲擬單獨「防止」、「對應」、「改善」是很難的。唯一能做的事是，倘若會有發生違法行爲，或危害到消費者等疑慮時，要主動找上司商量，將問題攤開來。從責任問題及公司內部狀況來看，要把問題攤開來是不容易做到的。但是，本人認爲唯有這般作爲才是眞正愛護公司的精神。

第一二九則 集團隊人力

一般認爲利益和風險是相對立的關係，這是危險的想法。不問種類，風險是盡可能越少越好。更沒有必要鋌而走險硬幹。企業活動（工作），原本就是靠團隊的力量，並非需要從頭到尾都由你獨自一個人去完成。

現在是講求分工的時代。我們希望企業建立一個體制，以便隨時可以因應景氣動向、消費者嗜好變化等等。

換句話說：就像「人力」一樣，即便對獲利率多少會有所影響，當然是投入越多人越好，生產穩定度較高。不過，倘若設備投資、不動產、職員數等等的不斷擴增，將會使企業經營僵硬化，而難以應付各種變化。

當今講究的是輕巧靈活經營時代，相較於戰艦，毋寧說它是一個驅逐艦的時代。

第一三〇則 乘法販賣與加法販賣

販賣銷售，有乘法和加法兩種販賣方式。乘法販賣是大量販賣某一種商品以提升營業額；加法販賣則是透過販賣多種商品加總以提升營業額。

便利超商和火車站內的商店是屬於前者，而百貨公司可以說是屬於後者。

一般認爲乘法販賣是屬於薄利多銷型的，由於產量多，降低成本容易，獲利率也有上升的傾向。反之，加法販賣則因爲產量以及販賣管理費（人事費、宣傳費等）的增加，獲利率自然有降低的傾向。

因此，加法販賣式的零售商，今後要如何將乘法販賣式的商品綜合導入，是値得商榷的。

何況外加網路的販賣通路，致使單一商品開發的必要性，也會爲生產業帶來很大的影響。

—第一三一則— 員工教育

教育的重要性是毋庸置疑的，沒有什麼好討論的餘地。

若說教育的成果，攸關企業的存亡，一點也不爲過。但是，問題在於教育的內容以及教育的人。

以下兩個問題點值得考慮：

＊脫離企業現場的實務，「無具體性教育內容」的情形（請參照第三〇則「貫徹現場第一主義」）。

＊策劃部門認爲他的工作只是擬訂計畫，未有「教育內容有效性的判斷」以及「成果的檢驗」的情形。

重要的是要先從負責教育的部門以及教育的人開始教育。

第一三二則　升等考試

聽說，近來有許多公司單以考試來判斷或決定員工的升等。

爲什麼需要考試制度？

如果你問人事部門負責的人這個問題，我想他們一定會答說：

「爲發掘優秀人才」、「爲求得人事公平起見」。

但是，我認爲這只是表面的說法而已。實施考試制度眞正的理由是想讓無法升等的人死心，「既然通不過考試，當然升等也就無望」，用以求得內心的理解。

的確，要是沒有考試，則無法升等的人會存疑「爲什麼？」甚至會留下「我比他更優秀」的不滿心情。考試制度可以免去帶給員工意志消沉的影響，這點是可以理解的。

但是，員工又不是學生。究竟升等與否，從每天的工作當中，根據能力考核以資決定，事屬自然。單靠考試合格與否以決定員工是否升等的公司，可以說是「員工升等沒有考核標準的公司」。

而且，依慣例這種升等考試是不對外公佈考試結果的，也會讓人存疑是否早就內定好及格者（升等者）？因此，若一定得實施考試的話，希望能將平時的工作考評和考試成績一併列入評量，以資判斷。

第一三三則 能力主義

最近經常耳聞依據能力主義，或者是成果主義來修訂薪資這類的話語。

乍看之下，似乎是至為理想的主義。但是，千萬別受騙了。能力，或者是成果，到底指的是什麼？有何判斷或評量標準？當然，這個標準要是正確、公平、平等的話，當然不會有異議。但是，本人認為事實上是別有目的的。那就是假借能力主義之名，行「薪資總量管制」之實。

如何抑制人事費的苦肉計就是訴諸能力主義。在讓員工、工會理解接受此一作法之後，這個能力主義往往就會被利用，甚至被惡用。當然，能力主義必須排除有公平中的不公平以及平等中的不平等之情事，惟對於隱藏眞正目的的能力主義則宜加注意。

第一三四則 徵志願退休人員

退休後確定可以有工作做的，以及待遇上沒問題的幸運者另當別論。因爲，畢竟是志願退休。因此，除了上述幸運者之外，其他的人，即便有追加退休金等魅力十足的退休條件，最好還是愼重考慮爲要。

特別是當今中高年齡層的再就業困難重重之下，更是需要審愼。即便是這環境實在讓你很難再待下去，本人還是建議你「忍耐著點，繼續待下去」。

說來悲哀，對上班族而言，忍耐也是能力之一。

第一三五則 再就業

問題是爲什麼要辭去目前的工作？

若是遭到解僱，則不在話下。若是自動請辭，奉勸最好放棄此一念頭。譬如：

*工作內容與性格不合，或是和上司合不來等等，如果理由是來自「不合」，那得思考爲什麼不合，最好是努力做到與之能「合」。

*因爲要接納你去的新公司的「條件」較好等等，所以要離職。這種因條件誘因而轉換跑道的，也有必要愼重考慮。自己在新公司能否發揮過去的經驗？是否一切得從零開始？其條件是否有依業績而訂定報酬比例等情事？

離職本身是件簡單的事，但要決定改行之前，再一次「努力看看」、「確認看看」是很重要的。

新的職場也同樣，不，可能有更大的困難正嚴陣以待，仍舊有待仔細思量以對。遑論在新去處尚未確定之前，就先表示「想離職」的作爲，即便不做會後悔，也萬萬使不得。

第一三六則　取得資格

現在，不只是日本，看看其他國家，亦無堪稱絕對可以安心就業的企業。又，透過機器人、電腦、網路等，各行各業力圖節省人力，如何減少員工數目，成了最大的課題。業績蕭條的企業，爲了改善收益而裁員的情形，幾乎天天上演，已經不是什麼新聞了。上班族處於這般時代所要求的是，不要成爲裁員的對象，要好好留存下來。但是，最近，這個留存無關能力，卻因年齡問題而顯得困難的情形很多。

因此，奉勸諸君，以防萬一，作爲自我防衛的一種手段，可以一面上班一面取得各項資格。至於取得何種資格好？則因人而異，盡可能是多方面而且數量越多越好。

資格用不到，那是最好不過了。然而，一切是「有備無患」的。

第一三七則 模仿

「模仿」是企業發展活動中，極其重要的作為。

這裏所指的「模仿」並非光只是模仿而已。譬如：以他家公司成功的產品為基礎，加上若干自己公司的創意等等，模仿的方式林林總總。模仿的前提條件必須是與註冊商標範圍不相抵觸。

沒有必要所有的商品都得不同於其他公司，而屬於完全獨創的。因為，完全獨創的商品研發，不只花費龐大，而且於速度上無法即時回應市場的需要性。

當今，消費者嗜好多樣化與快速變化的時代，要作為一個永遠被模仿的企業是很難的；不，應該說是不可能的。

仔細調查賣得好的商品，探究其賣得好的原因，並且在模仿方式上，下點功夫即可。單是抗拒感或自尊心，反而是給予企業發展以一種負作用的感覺或意識。

第一三八則 周遭事務

正式的印章、各類保險證書、存摺、登錄印鑑等，平常不大用到的個人重要物品，不要交給太太後就一切不管了，最好是時而確認一下所存放的位置和存放物品內容。

同時我要奉勸即將退休的人，早點研讀、確認有關年金的知識及相關的重要文件等，以免屆退時慌亂。

特別年金會是因人而異，種類繁多且複雜。

不熟悉的人，可以請公司負責年金業務的人幫你做個說明。

「確認自己退休後的安全，求取安心」也是重要工作之一。

第一三九則　公平中的不公平、平等中的不平等

有些事是必須徹底的公平、平等。

譬如：審判的公平、公平的選舉、法律之下的平等、男女平等種種，當然是得要求公平、平等。

同時，拿公平、平等作爲一個「原本就應該具備的理論」，容易得到共鳴。

但是，有個例子，像中國以及舊蘇聯這兩個共產主義國家，在過渡到市場經濟之前，其勞工的工資以及各種待遇，努力工作的人和混水摸魚的人是同酬、同待遇的。其結果造成努力工作的人喪失意志，國家整體生產性明顯地下降。

這就是公平中的不公平、平等中的不平等所引發的結果。馬克思在《資本論》當中敘述到「工資是勞動力的對價」。將此一資本

論奉爲金科玉律的兩國政府，根本就是曲解，或者說沒有充分了解勞動力的含意，不是嗎？

企業當中，成果主義（有確切標準的）是理當然爾；「不工作的人，就不應該吃飯的」，這個理論很正確。

錯了嗎？馬克思先生！

第一四〇則　察言觀色

這是令人厭煩的一句話。

但是，只要你是上班族，最好還是要察看上司的臉色。

「臉色不好，那今天最好甭談這件事！」等，這句話多半在相機行事時候使用。

臉色表現出一個人心情的好壞，有時候好不容易才擬好的提案、意見，會因為上司的心情而搞砸了。如何察言觀色，請想像一下小孩纏著你要求時的情景就對了。

「今天上司的臉色如何？」是公司內部重要情報之一。

第一四一則 擬訂日程計畫表

擬訂日程計畫表對象者林林總總。

諸如：旅行、休假、儀式、會議、建築、生產、販賣、企畫、營運等等。在此僅探討有關工作方面整體的計畫表。

擬訂日程計畫表的基本是：

＊什麼時候之前；

＊誰來執行；

＊工作內容等三項。

當中缺了一項，這個計畫表就不成立。

因此，諸如：所需時間、執行負責人、目標、課題等，事先都必須要求明確。

所有項目都不明確的計畫表，於執行過程中，多所會發生變更情形，是導致混亂的主要原因，反而造成業務執行上障礙的情形很多。

計畫表其實就是一種步驟。「工作步驟安排得精準」對當今企業要求生產性，以及效率而言，可以說是重要能力之一。

第一四二則 系統投資

公司所有機能均仰賴電腦操作的時代，我們不否定其有效性與必要性。

但是，當遇到要導入新的系統或者要變更系統時，則有各種「該注意、該查證的地方」。

譬如：

＊有無對於部分專家的意見囫圇吞棗情事？說什麼倘若沒有導入該系統就會對公司的營運帶來很大的障礙。

＊有無查證是否會有等同於龐大投資的效果？

＊該機種或系統可以使用幾年？

＊能夠運用的範圍有多廣？

＊立即變更或追加的可能性有多大？……等等。

只因「跟不上時代」，一味地隨波逐流的想法，特別要嚴加謹慎。

第一四三則　陪同接待要點

派駐國外或者外地（地方）工作時，很多時候必須接待總公司的高層或重要客戶。

這時候應該注意的事項，諸如：

*擬妥接待行程草案，事先送請總公司核備（包括行動日程、晤談人、飯店、用餐地點等等）。

*了解來訪旨趣，依旨趣預做萬全準備（包括文件準備、洽排拜會行程、場地安排等）。

*當安排公司以外的晤談人時，在洽排過程中得事先跟對方做好確認。

*事先實際走訪預估，確認訪問地點、所需時間等。

*事先確認好預約事項（包括住宿飯店、班機、鐵路班次、餐

廳、租車等）。

＊事先擬妥行程若需變更的對應策略。

其他得注意事項尚有許多。陪同接待公司高層或重要客戶是抓住讓對方認識自己、對自己做出好評的大好機會。因此，勸君徹底做好事前的準備與確認工作。

第一四四則　花言巧語

最好不要百分之百相信別人的話。這世上沒有白吃的午餐，一定有內幕的。

人會在面前說得天花爛醉的，有以下特徵：

＊花言巧語。

＊抬出有力人士的名字。

＊端出煞有其事的企業名、有頭有臉的人（○○財團法人、董事長等）。

＊過度吹捧一些賺大錢的人的事例。……等等。

爲了提升自己部門的業績而上當，最後給公司或個人帶來無可挽回的損害的事例不少。

平常業務奉公，務必請各位抱著「如臨深淵如履薄冰」謹愼小心，以及「君子不近險地」的心情，萬分注意。

【第一四五則】否定當下

自動傘雖然很方便，但是還是舊時傳統的傘較好。

新幹線雖然快，但是還是想搭搭慢車、吃吃鐵路便當，以及欣賞沿線風景。

數位家電也不錯，但是還是類比來得溫馨、較有人情味。……等等。

否定「當下」，否定時下正在流行的一切文明時，其暗藏著「下一個流行趨勢」。這就是解讀時尚的眼光，所有企業，特別是身爲一個企畫人員尤需具備此一想法。

【第一四六則】思考第二個人生

第二個人生要怎麼過，此乃「人生的最終目標」。但是，不能說是這樣，就等退休後再來思考這件事。

上班族現階段在工作崗位上卯足全力以赴是理所當然的，但是自從（年功序列制）論資排輩的制度瓦解、裁員盛行的今天，公司已經不再是生活面、精神面足以令人安心依怙的場所了。並非是

「自己沒問題」就好了，任職期間，至遲從四十五歲開始，就要思考自己往後的生活方式，包括收入問題在內。因此，本人建議，任職期間就要把握住每一個機會，廣結善緣，與公司外的人廣泛建立能夠相互依賴的人際關係。

因爲「家庭環境」、「能力」、「財力」、「個性」等等，會因個人的生活方式而異，但是希望能「早日做好心理準備」，才能讓自己的第二個人生過得更快樂、更舒適。

即使沒有做好心裏準備，也企盼自己免流於被說成是一片「濕黏的枯葉」（黏著老婆什麼都不會的糟老頭）。

【第一四七則】現場第一

企業有各種的現場，生產的現場（工廠）和販賣的現場（店面）

就是最具代表的例子。

如果人事部門或上司徵詢你是否有意願從目前的後勤部門（行政事務系統）調到現場服務，最好是欣然應允。因爲，現場對企業而言是最重要的部門，請認知其對你日後發展而言，了解現場是很重要的，建議你到現場「認眞工作」。又，萬一不幸地，公司人事緊縮，面臨必須裁員時，正因爲現場工作的性質很難合理化，故而輪到裁員的順序也會排在較後面。

相反地，如果被徵詢是否願意調到事務部門（僅限於有所選擇餘地）時，最好是愼重考慮。

因爲，現今現場第一主義甚囂塵上，叫得沸沸揚揚，無論是生產業，或是販賣業，企業最需求的人才一定是技術幹練的「現場專家」。

請勿失良機，一定要學會「現場的技術」。

第一四八則　工會

工會顧名思義是代替勞工，就勞工的權利、待遇等等，向公司要求改善，履行義務。同時，工會也必須要了解公司的現況和今後的政策種種來斟酌所做要求的程度。

不得一味地要求與同業一樣或比照前一年的想法。

工會也不可偏向勞資任何一方。

工會必須是勞資雙方都互爲需要的「機構」。

另一方面，公司不可濫用工會。

譬如：以工會幹部的榮調爲誘餌，或者利用學閥的壓力，來控制工會。不得濫用工會用以遂行犧牲職員的措施。

很遺憾的，在公司和工會的關係當中，要求雙方都得改善的事情很多。

無論如何，工會都必須是爲職員、爲公司的工會。

第一四九則　晉用女職員守則

看你如何用人，女性可以發揮超乎你所想像的能力。

最大的關鍵是「明確定好工作的範圍及其所應負的責任範圍」。

女性職員對於自己的工作、責任，和評價的意識，不知何故，總是比男性要強。

那是一種競爭的意識，或許等同於對待自己小孩一般的本能意識。

因此，一些沒有範圍、沒有競爭、沒有責任、不太能期待結果的工作，不可以叫女性做。那樣的工作毋寧說是男性職員所喜歡的工作。

這絕非鄙視男性，而是事實如此。

第一五〇則 冗員要件

環顧四周一定有一些不必要的職員。列舉其類型如下：

*經常批評公司方針的人（從否定面切入的人）。

*不接納現場意見的人。

*視爲報告而報告的報告業務才是主流業務的人。

*經常休息喝咖啡且擅長於收集公司情報的人。

*在執行業務過程中，一受到上層誇獎時，就自以爲是主角擠到前頭；若是遭到批判時，就馬上逃之夭夭的人。

*工作毫無具體性，「有沒有他」，對業務絲毫沒有妨礙的人。……等等。

這種類型的人常見於總公司的管理階層，是裁員時的最佳候選對象，但是要舉發他們很難。這種害群之馬宛如《梵網經》上說的「獅子身上的蟲」。

第一五一則　龜兔賽跑

比較論的代表──兔子與烏龜──經常被引述討論。

工作手腳快，但欠缺確實性者，屬於兔子類型。

工作手腳慢，但具備確實性者，屬於烏龜類型。

思考哪一種類型對企業有利的時候，會因時因地而異。然而，吾人對這兩者究竟何者對企業有利，也無法說得準。

欠缺確實性固然傷腦筋，工作過於緩慢也不行。

儘管兔子的快動作和烏龜的確實性能夠兼容並蓄是最爲理想。但是，老實說，理想歸理想，很難辦到。

因此，本人建議各位要像偵探小說主角多羅尾伴內一樣，「時而像兔子」、「時而像烏龜」，臨機應變。

莫要故步自封，自我固定一個類型，而讓工作來遷就自我。有時得視工作的內容、性質，而改變自己的類型也是重要的。

第一五二則　期中稽核

做任何事都一樣，光看事情結束後的結果來論是非是不足取的。搞不好僅空留檢討反省，甚至無法即時提出對策。

特別是關於「預算」更是如此，在對策上，更應該要求期中稽核。營業額的預算、利益預算很多都無法依照期初預算達成目標。這種情形之下，如果營業費的預算還是照期初所擬定的預算的話，那麼要達到期初的利益預算額度，是不可能的。營業額、利益屬於「不固定」的。但是，營業費一旦被預算化，其使用將隨之「固定化」。

「固定與不固定的對比」是做不了生意的。因此，宜避免營業費被固定化，藉著期中的稽核，研擬刪減對策並付之執行，否則利益預算是無法達成的。

【第一五三則】人與事

人與工作的關係有兩種，一種是「事就人」，另一種是「人就事」。兩種看似相似，其實不然。

事就人的情形是看職員的數量分配工作，即有多少人做多少事。人就事的情形是看工作量而請人，即有多少事請多少人。

換句話說是「先有工作再請人」，否則，一旦本末倒置，將危及企業經營。

創業時是針對工作雇用人，惟假以時日，員工數量逐漸增加以後，就會變成人就事，這是不對的。

人事以及裁員的妙諦即在於此。

第一五四則　談判條件

談判條件時，我方在技術上應留意之處爲：

＊關於「我方的條件」

・不要一開始就亮底牌，出示最終的條件。

・預先加上主要條件（數值面）。

＊爲了「引出對方給予更好條件」

不要從最重要的條件項目去交涉，先交涉次要的條件項目，先提出「對方不可能接受的條件」，花較長時間談判，耐心交涉到最後，在適當的地方（依我方所期待的底線）妥協。

接著，交涉最重要的條件項目時，就要擺出一副前面我妥協，「接下來輪到您要妥協」的姿態。商人只要不踰越正軌，特別是在成本談判時，建議你多運用此一技巧。

談判也是一種心理戰。

第一五五則 雙重否定的用法

外交官擅長用這種手法對話或作文章。譬如：

＊貴我兩國的外交部長會議不能說是失敗。

＊我並非否決您的高見。……等，各式各樣。

這是一種用於考慮對方的立場所給予的「委婉否定」。

商場上當然必須要叫對方明確表示yes或no，惟因時、地、人之不同，多所無法確切表明是與否。

否定的否定本來就是肯定的。惟用法上，有時也可以解釋成否定。當你難於表示肯定或否定時，建議你使用這種方法。

第一五六則 責任

不負責任的人另當別論。對上班族而言，「責任」這兩個字對決定自己的將來是好、是壞，有著重要的意義。
倘結果是好的，繫因於「盡責」而獲得好評；問題是倘結果是不好的時候，該如何規避責任會落在自己身上的危險？當然，責任是有逃得了和逃不了的情形。但是，當面臨「責任的歸屬不明確」、「自己承擔責任後，牽連上司、同事的責任問題」、「高層有責任」等情形時，仍是極力逃避爲宜。
「我負起責任」，這句話乍看之下令人覺得帥氣，而且態度似乎正確。但是，在公司裏未必然都是如此帥氣。異常的正義感，有時候，不！大部分對上班族個人而言，會是負面效應。同時，對公司、家人也無法盡到責任。
不得僅憑一己的判斷去承擔責任，必須顧及身邊的人；單憑一己貿然去承擔責任，毋寧說是「不負責任」的行爲。

第一五七則　訂定流程

為期自己的意見、企畫書、提案等順利通過，事前協商的重要性，在前面已經談過；換個「會議」的場合也一樣。第一要務就是「制定流程」，將自己的提案、發表等，在會議之前，先向上司說明，徵得其同意，或聽取上司的意見，做部分修正，做好事前的協商工作。

其次，亦需事先向同仁說明，並拜託同僚在自己說明之後，能做「我贊成○○同仁的提案」之類的發言。

而且，當你發表的時候要特別強調、說明上司的指導意見，表示這一點是「得自上司的指導高見」。有了同仁的「贊成」以及「上司的指導意見」。如此一來，你的提案大概就不會有人反對了。

「制定流程」的技巧，不僅限定在會議，也適用於其他各種場合。

【第一五八則】話中話

許多時候，別人的話語裏頭帶有另一層含意，特別是在公司裏頭。

譬如：

＊「你進公司幾年了?!」——含意是「這麼簡單的事，你到現在還搞不清楚！」

＊「○○部門需要你喔！」——含意是「本部門不需要你」。

＊「你眞聰明！」——含意是「要領好」。

＊「型很不錯」——含意是「沒內容」。

＊「喂！這件事什麼時候以前可以完成？」——含意是「怎麼到現在還沒搞定?!」……等等，應有盡有。

希望你是個很率直的人。但是，有時候得注意別人的話中有話。

第一五九則　訂標題法則

要訂標題的對象很多。

電影、歌曲就是代表例子，擬訂企畫書和活動的標題極其重要。標題宜直截了當地說明內容，同時必須是可以引起別人想去、想看、想知道、想聽、想做看看的欲望。

因此，標題如果訂得沒有魅力的話，即便內容再怎麼充實，缺乏吸引力，當然不會成功。

相反地，若僅以標題掛帥，內容卻是千篇一律，就像日活（日本最初的電影公司，全名爲日本活動寫眞株式會社）的色情電影，無法推陳出新一般也是不行。儘管標題稍微訂得過火，只要不是掛羊頭賣狗肉，都在可以被接受的範圍之內。

第一六〇則 設計

根據字典解釋「design」就是設計的意思。

因此，所謂的設計就是「造形」。

形有○、△、□，這三種形已涵蓋一切，再也沒有其他的形了。有的話，也只是運用這三種形去做串連而已。

就拿設計大大影響銷售業績的「汽車業」來說，基本上也只不過是使用○和□的形來交替表現而已。

婦女的時裝設計也是一樣。

「設計」這個動詞是複雜且困難的作業。但是，原點卻極爲單純。工作上，將困難的事做單純化的思考，也是解決問題的一種方法。

第一六一則 前提條件

特別是在交涉事情的時候往往都附帶有「前提條件」。

這種條件其實是一種「制約」。

因爲是制約，所以往往變成交涉時的障礙，甚至產生不利的結果。

有附帶前提條件的情形，在進行交涉之前，連同上司在內，得一起好好檢討是否可以接受，是件很重要的事。

若不能接受時，首先必須對此一前提條件重新評估，或提出重新檢討的要求。

將前提條件囫圇吞棗，貿然進行交涉，是很危險的。

同樣地，無附帶前提條件就進行交涉也是很危險的。

前提條件對交涉的雙方當事人而言，是分出成敗的出發點。

第一六二則 表揚

彼得・湯姆斯在其著作《經營革命》一書中提到：「在現場的，無論多小的貢獻、功績都請加以表揚！」

彼得・湯姆斯為貫徹他「現場最重要」的主張，提出表揚制度作為具體推動的方法之一，我個人認為確實該這麼做。

我個人敢篤定地說：百分之百接受表揚的人絕不會認為不好的。同時，如果是因為這樣的事就被表揚的話，別人也會想說：「那我也要努力看看」，會給別人帶來良好的影響。

前面也曾經提過，累積小成果將帶來更大的成果。

對於小成果的表揚，促使「活絡現場」、「激勵現場鬥志」、「讓員工意識到高層有在看現場」等，會立即帶給現場幹勁十足的效果，是值得推薦的制度。

第一六三則　兩極指導

建議上司帶領部屬時，採取「溫和與嚴格」、「誇獎與訓斥」、「母雞帶小雞與放牛吃草」等的「兩極行動」。

這種行動因部屬的個性、能力、工作的性質之不同，當然會有程度上的差異。爲人上司者，清楚表明意思或態度，在領導上，是屬重要職責之一。

理由是上司領導或行動若介於「兩極」之間的灰色地帶，有時會給予部下「不關心」、「沒反應」、「忽視」、「沒有答案」的解讀，如此往往帶給部屬在意志（積極）面向上以不良影響。

第一六四則　領帶賣場

興許很多人都有過這樣的經驗，在領帶的賣場，當我們拿起一條領帶端詳時，大半的櫃員小姐都會說：「先生，那條領帶很適合您喔！」或做其他類似的推銷方式。

因顧客的個性而異，如果拿任何一條領帶，盡是說：「適合您！」則有的顧客反而會產生「眞的嗎？」的懷疑心理來。

大概沒有櫃員小姐會用：「先生，這一條領帶比起您手上拿的要來得適合您！」的推銷方式吧！

在工作上從否定切入固然是不好。但是，本人覺得，販賣物品時，偶爾誠實地「否定」，會有博得顧客心理信賴的效果。

第一六五則　進帳與付款

進款早一天，付款晚一天。

進款多一分，付款少一分。

這是個通則。企業負責會計人員不單結算金額要正確，同時也要隨時把利息放在心上，怎麼做才能「早」、「晚」、「多」、「少」一點？怎麼做才能改善目前的契約型態或習慣？反覆再三地和進出款的對方接觸、交涉是件重要的事。

當然，有時候牽扯到其他部門，難以單靠自己一個部門來改善。但是，這種改善不限於會計部門，必須是由某一部門為核心，出面「投球、接球」，不斷努力才行。

希望不分組織與工作，大家一起來考慮這個課題。

第一六六則 背後的有力人士

任何一家公司都和政界一樣的，有其影子（背後）實力者。他很接近高層，對高層的想法有決定性的影響力。如果能拉住這位實力者，要圓滿地推展自己部門或己身工作，無疑的，會是一股助力。建議你，不要太深交，保持適當的距離接近他。

但是，接近的方法如果弄錯了，時而會產生反效果。因此，建議你先了解對方的個性、興趣、畢業的學校、出生地等等，以自然的形態，審慎地接近。

一旦接近成功，芝麻小事或屬上司決策範圍內的事情等，最好不要動輒就找他商量。接近只是以備「萬一」時派上用場，這樣想就比較不會出問題。

因此，即使是有所失誤，千萬不可成爲「影子的影子」。因爲，樹倒猢猻散，高層倒了，影子也會消失的。

第一六七則　推上去、拉上來

假設你是股長，上有科長，下有小組長。

想要升官是所有上班族共通的心理。你也想升科長。但是，想歸想，卻一直無法如願以償。這種情形，爲了達到升官目的，自己可以採取的兩個行動，分別是「推上去」和「拉上來」。

努力將你的上司，也就是科長推上去當經理，或者將你的部屬拉上來當股長。前者是爲了製造空缺，後者是機械式地循序漸進法，製造自己被推上去的機會。

首先，最重要的是努力提升自己的能力，「推上去」和「拉上來」的努力，在擬提人事案的人事部門看來也是可以接受的行爲，即便當時沒有機會，也絕對不會產生負面影響。

縱使有誤，不論上司、部屬的能力如何，也不管你喜不喜歡他們，「扯後腿」的行爲，最好是不要做。

第一六八則 停、看、聽

工作順利，而且也升了官，諸事一帆風順的時候，最好是能夠「停一下腳步」、「看看四周」、「察看一下立身處地」。一般人在得意時，不會去想到格諺「好事多磨（魔）」警語，會有對橫亙於眼前的陷阱不察的情形。

周遭的人，一方面評價你的工作，一方面卻使出冷眼；說極端些，有一些人因嫉妒而希望你失敗。

謙虛、誠實地去關照周圍的人，言行小心謹慎等都是很重要的。若是站在相反的立場時，想想看你會是什麼樣的心情？則不難體會。

第一六九則　你屬哪一族

我聽說人類的祖先分爲兩大族類：

一類是森林族，一類是沙漠族。

「森林族」的生活環境四周有很多樹，「敵人會在什麼時候、從哪裏射來一枝毒箭？」由於確切掌握情況，因此，經常都是「小心謹愼行動」；而「沙漠族」生活環境四周沒有障礙物，可以一望無際看到遙遠的彼方，等到發現敵人，尙有充分的準備應付時間，因此，「悠哉型」居多。

希望上班族在公司是森林族，在家是沙漠族，你屬於哪一族呢？

第一七〇則 對跡象要敏感

有各種跡象，譬如：

＊最近經理對待自己跟平常不一樣，是否有什麼事？

＊最近總經理接見的人以銀行員居多，是否有什麼事？

＊部屬前來諮商或呈上來的報告變少了，是否有什麼事？

＊原本與己感情和睦的A君，怎麼突然變冷淡了，是否有什麼事？

這種「是否有什麼事？」就是一種跡象。這種跡象顯示對自己而言往往都是負面的作用。因此，要經常對周遭變化「敏感」一點，不可疏忽去找尋發生跡象的原因。

最好經常要抱以「無火不起煙」的想法。

第一七一則 顧客聲音

任何企業都有「顧客的聲音」。

有讚美的聲音、抱怨的聲音，也有各種詢問的聲音。

譬如：生產業就會詢問有關發售日、使用方法、價格、販賣場所等的聲音。

這些詢問的聲音和抱怨一樣，都是消費者的反應，可以說詢問越多，顯示對該商品「關心度越高」。因此，顧客的詢問是決定生產量時的重要判斷基準，同時等同於各種問卷調查，是得知消費者購買的「動機」、「意願」、「目的」等的貴重情報來源。

務請檢視一下，公司回應此一「顧客重要聲音」的體制是否充分完備。

第一七二則 中間報告

一項業務在進行的中間階段，最好是「假想已達某一階段」之後，向上司做一次執行經過報告。

理由是：

*爲了再一次確認方向性。

*爲了確認上司是否另有指示或修正事項。

*爲了假想這一個階段和當初的預定以及在計算（營業額、利益、數量計畫等）上有所不同。……等等。

特別是自己處於「計畫領導人」的立場時，最好是在中間階段能就上述幾點向直屬上司做一確認。這樣也可以避免在結束的當兒，才被命令「重來」，徒浪費團隊的工作及寶貴時間。

第一七三則 觀望情勢

問題發生時，迅速解決是很重要的。

如果放任不管，問題就會演變成大問題，使得問題更難解決。因此，理當要求問題發生初期立即處理。

但是，並非所有的問題都得如此，也有例外的。譬如：

*董事長與總經理等，高層的意見相左的問題。

*給公司內部負責部門之間的利害帶來重大影響的問題。……等等。

如果是涉及「消費者的危險」、「違反法律」的問題，要求必須立刻解決。但是，如果是公司內部的人際關係、負責部門之間的問題時，往往得靠「時間來解決」，最好不要介入過深。

這種立場，本人已強調再三，所謂「君子不近險地」是也。

第一七四則　工作為自己

今天，公司已不再像往昔是個可以安心依靠的地方……

今天，公司會因自身需要而強行實施裁員……

今天，公司訴諸能力主義遂行抑制薪資政策……

向來員工所持有「爲公司」的忠誠心，已漸漸變成「單向通行」了。

固然，即使公司對員工的措施、想法已經發生變化，員工拚命工作，既是理所當然，也是義務。如今，莫心存昔日那種「爲公司」的結果，也是「爲自己」的舊時思維；而要反過來思考：「爲自己」的結果就是「爲公司」。

公司和個人互爲連體嬰的感覺和舊時常識已經落伍了，這種「感覺、常識」也絕對不會再重現職場。公司也不例外，求之於「個人」，賴以下賭注，迎向生存保衛戰。

第一七五則　支撐點

奉調出任國內外的分店或分公司當店長或經理當中，有人還仍然把支撐身體的一條腿（重心）擺在總公司；說難聽一點，這一票人就是成天看著握有人事決定權的總公司的臉色，凡事以總公司的需要列爲最優先辦理。這種思想作爲是大錯特錯的。

不僅限於分店或分公司，任何一個時間點，最好都得把重心擺在「當地」、「現場」以及「最接近顧客的地方」。

若是把重心擺錯了，現場的部屬對你的信賴將日漸變淡，結果造成領導力「低落」，業績惡化，最後連分公司經理也遭到撤換。

這時候，不僅總公司幫不了你，而且還會冷言冷語批評你說：「只看總公司臉色」，不將重心擺在現場的結果，責任自負，總公司愛莫能助。

第一七六則　自己的姿態

謹奉勸諸君針對某一課題或議題，最好是在會議之前統整好自己的想法（或自己的結論）之後，再赴會。

迎合別人意見的發言，或過分在意上司而做的發言等，諸如此類八面玲瓏型的發言，屬無意義之發言，是不會受到好評的。

但是，亦不可因此而堅持自己的想法，爭論得口沫橫飛。

視發言順序而定，如果前面的人的發言，有可以贊成的部分，宜先肯定該部分之後，再行發表自己的意見。

但看自己有無立場，以決定你是否可以成爲該場會議的要角之一，或者單單只是一名出席者而已。

包括會議場合，隨時站穩「自己的腳步」，適當應用至爲重要。

第一七七則 總結會議

會議是議論的場所，同時也是整合各家意見的場所。

沒有結論的會議就是議而不決的冗長會議，徒浪費時間。因此，必須由一定高程度職務的人當主席來主持會議和進行意見整合。

總結會議的要領如下：

＊將會議的目的、旨趣，事前和部分出席者（愛挑剔、棘手的人）先溝通好。

＊營造全數參加者都能暢所欲言的氣氛。

＊主席也發表自己的意見。

＊匯總意見。……等等。總結會議，不管上司是否出席會議，特別是在會議之前，先找上司針對議題的「決策方向性」商量，發表「己見」時，應根據上司意向來進行總結。

這種技巧是擔任會議主席所必須具備的最大要領。

第一七八則　沒幹勁的員工

工作成果經常掛零，失敗也是零。

這就是沒幹勁員工的代表例子。

在考評以扣分主義爲主的公司裏，職員所要注意的是扣分，而非加分。但是，如果太拘泥於扣分，則會變得沒有幹勁。

舉個例子來說，在營業的場合，賒帳結餘額多是因爲賣出多所造成的結果，而結餘掛零則是賣出業績少的證明。但是，公司枉顧營業額和賒帳結餘額的比率，卻一味地追求賒帳結餘掛零且用之於考評，其結果就造成員工「乾脆不賣來得好」之思維，導致沒有幹勁的員工增加。

本來就沒有幹勁的員工，就甭去談他了，而造成員工沒有幹勁的原因有些是出自於「考評基準曖昧」的緣故。

這是公司今天得徹底改善的最大重點。

第一七九則 說服

說服對方有效的方法如下：

*讓對方了解我方的立場和背景。

*熟知對方的弱點。

*詳細說明對對方有利之處。

*展現自己努力的態度與誠意。

*掌握說服的場合和時機。

說服什麼？說服誰？其對象雜而不一。爲什麼要說服？說服的基本要件是「讓對方了解所要說服的理由」以及說服的人的「誠摯的態度」。

第一八〇則　封面的工作

在總公司或負責企畫的部門，平時做「封面工作」的人很多。封面工作不外乎是要現場單位送來一些報告書、企畫書所需要的資料內容，然後予以加上標題就算大功告成。

一旦企畫書受到上司誇獎，就裝作一副全都是自己部門或自己個人努力所成；如果挨刮了，就將責任推諉給提供資料的現場單位。

任何一家公司都有這種類型的人。這一類的人往往不親自走訪現場察看實際狀況或收集必要的資料，而只專注於報告書格式完整與否的表面工作。

特別是在總公司的業務當中，多所為了研提報告而向現場要求提供資料，反倒妨礙了現場本務該做工作的進行。

這是總公司揭櫫「現場第一主義」自相矛盾的地方，值得注意。

第一八一則　公司內抗爭

發生抗爭的原因很多，最具代表性的就是在決定「繼任總經理」的時候。

此時，位居公司高層的心理是：

*繼任總經理候選人A氏是否會關照自己（董事）。

*繼任總經理候選人A氏是否會默認自己所犯的錯誤（現任總經理）。

*是否可以遙控繼任總經理候選人A氏（現任總經理）。

*繼任總經理候選人A氏若是當了總經理，自己是否可能當下任總經理（常務董事、專務董事）。

*繼任總經理候選人A氏若是當了總經理，自己是否可以常保平安無事（董事、常務董事、專務董事）。……等等。

決定下任總經理人選時，多所會依現任總經理的意向去做決定。但是，現任總經理爲了公司發展而急流勇退者另當別論，如果是因爲「弊案」、「業績不好」等理由下台時，上述現任總經理、專務董事、常務董事、董事等人的思緒就會錯綜複雜地糾纏在一起，甚至發展成明爭暗鬥、抗爭的情形。然而，這對於毫不知情的員工和一般的股東而言，是件極其困擾的事。

包括接班問題在內的公司內抗爭，是一種「反社會的行爲」，非但會傷害到公司的信譽，也會給業績帶來不良影響；儘管吾人甚難參與，但是仍有必要去注視它。

第一八二則 守護公司

特別是最近，compliance（遵守法令）與risk management（風險管理）是保護公司最重要的兩大項目。

「嘿！那家公司爲什麼倒了？」近來，類似情事層出不窮，著實令人吃驚。倒閉或者是極度的業績低迷，起因於不遵守法令和沒做好風險管理的很多。

具體的原因有：股票的不正常操作、做假帳、洩漏個人情報、產地造假，甚而大到地震、火災等災害，應有盡有。這些都是服務於企業的全體員工平時就應該留意的課題，不得將之推給僅是一小撮公司高層人員的責任。

第一八三則　授權

授權別人工作時，「授權的方法」很重要，其原則是：
*說明該工作的方向性及重要性。
*委託部分的工作時，要說明整體工作的全貌。
*敘明完成限期。……等等。
松下幸之助先生對部屬或相關部門僅指示大方針，其他一切就全權授權給他們去做，並言明最後的責任自負。
一方面，被授權的工作有自我完成型的，大多只是負責某一部分的工作。正因爲工作涉及層面廣而雜，所牽扯的人也就多了。被授權的人得盡量做到不妨礙整體工作的進行，特別是必須要求「速度和品質」。此種「教人能安心授權你去做事」是眾多評價當中，屬於最高的評價。

第一八四則 招待與被招待

公司業務當中有「招待」和「被招待」的場面。

「招待」的一方，要了解爲什麼招待？

「被招待」的一方，也要了解爲什麼被招待？

「招待一方」的目的是很明確的。因此，爲達到目的，選對合適的招待人選乃最大的要點。「被招待一方」有的是已經了解對方的目的，或者是約略了解一些。但是，如果在不了解的情況下，糊里糊塗地就接受招待，將來有一天，這次的招待恐怕會變成自己或公司的精神負擔，甚至於變成「導致判斷錯誤的重要原因」。

因此，接受招待的時候，事前稟報上司，「尊重上司的判斷」是很重要的。

第一八五則　評價基準

員工的業績是否受到正當的評價，直接關係到其「工作的積極意願」。正因爲如此，正當評價問題堪稱是一個很大的課題。

評價基準若是主觀項目很多的話，會造成上司掌控過多的裁量分寸。因此，評價基準必須要客觀。

最屬客觀的基準就是「數據」。販賣部門、生產部門、總務部門、管理部門、財務部門、人事部門、宣傳企畫部門等等，公司所有部門都得訂有「目標數據」。

諸如：營業額、利益、生產量、事故率、庶務用品的採購價格、預算、資產運用、利息、適當的員工數、來店顧客數、活動效果等等。

反之，沒有數據目標的部門就是沒有生產性的部門，其存在價值會受到質疑。

評價基準必須徹底做到公正、公平。因此，「具體目標數據的執行結果」必須列爲主要的評價基準。

第一八六則「為什麼？」

小孩子的成長過程中，建立在一連串的「爲什麼？」之上。工作面也一樣，若無此一「爲什麼？」的思維，則員工個人乃至企業都不會有所成長。

＊爲什麼賣得好？（賣不好？）

＊爲什麼自己公司瑕疵品這麼多？爲什麼顧客抱怨這麼多？

＊營業額比前一年成長，然而，營業利益卻出現赤字，這是爲什麼？

*爲什麼工作老是落在A小姐身上?

*爲什麼自己得不到同仁的助力?等等。

有細數不完的「爲什麼?」

個人、公司都一樣，循此一「爲什麼?」所找到的答案，將成爲改善、成長、發展的原動力。

因此，無論是好事或壞事，重要的是得常存「爲什麼?爲什麼?」而去追求答案。

【第一八七則】交際費

交際費的使用標準，每家公司各有不同。

*可以使用者的範圍。

*使用對象的範圍。

＊使用金額的範圍。

＊使用場合的範圍。等等。

一般而言是有其範圍的。

公司裏，隨著職位的高升、公司業績的提升，一開始會注意「花這些還OK吧！」惟久而久之，慢慢地在感覺上易生「痲痺」。如此，公司或個人對「超過範圍」的警覺心就會變得鬆散。

這種「交際費」使用情形，舉個例子說明：即僅針對一位顧客，公司卻出動四、五人一起餐敘，將「爲了公司」的目的做了擴大解釋，結果換來有強烈「爲了個人」目的之虞。

被指超過「範圍」，或競爭對手獲悉將之公諸於世而失敗的人，不乏其例。正因爲它攸關個人的信用問題，使用上宜力求審愼且正確。

【第一八八則】要領好的人

所謂要領好的人，從我個人經驗來做分類，其類型如下：

＊擅長事先協調的人。

＊能言善道又能幹的人。

＊擅長解讀對方心思的人。

＊擅長見好就收的人（適切採納別人意見的人）。

＊擅長拉關係的人。

＊事前的準備毫不懈怠的人。

＊擅長聽人說話、不岔開話題的人。……等。

屬要領好的人物群像類型隨即浮現腦際。

無論哪一種類型都是工作能力強的要件。因此，一般會認定要領好的人，工作能力強；而要領不好的人，工作能力不佳。但是，無論要領再怎麼好，如果人格方面有缺陷的話，其要領將難獲得發揮。

第一八九則 與傳媒打交道

誠如俗語所言：「筆桿勝過槍桿」，自古以來，傳播媒體就富有極大的影響力。因此，很多人為此都敬而遠之。認為不經意就接受採訪，結果報導對公司不利，那就糟透了。這種心情是可以理解的。但是，也不能一味的逃避。

從我個人經驗上來說，「重要的事」是公司或員工個人——

＊平常是否可以有無關採訪的交往？

＊能否秉著施與受的精神，建立相互的信賴關係？

當然，站在公司的立場，有希望報導和不希望報導的事，藉著平常的交往和相互的信賴關係，在報導上的分寸拿捏，許多是可以有斟酌的空間。

總之，如果接受對方的採訪要求，首先請教好採訪的目的、內容，與上司商量，回答的範圍和內容宜事前得到上司的許可。對受訪者與採訪者雙方能奉告的就是「說事實、寫事實」，這是無可忘記的基本原則。

第一九〇則　三禁句

「不合理。辦不到。困難。」這三句話，在公司萬萬使不得的。

即便被指派的工作是不合理、辦不到、困難的，也不得說。

問題是這時候，該採什麼樣的「說法」？

很多情形，上司自己也心知肚明所指派的工作內容是有困難的，同時自己也大感傷腦筋。

因此，只要你說一句「讓我試看看！」這對上司而言是多麼感到安心，且求之不得的一句話。縱使所指派之工作無法如期「做得出來」，然而你挑戰困難任務的積極作爲，也一定會受到好評。

但是，倘有「違法」或「損害公司形象」的事，姑且先說：「讓我試看看！」暫且接下來，日後再找個時間，將你的「顧慮」和上司商量，注意不要讓事情演變成是你一個人的責任問題。

【第一九一則】場子安排

公司或個人爲了和對方達成「交涉」、「買賣談判」、「和解」、「協商」、「協議」等目的，很多都必須有「場子安排」。

場子安排應注意以下三點事項：

*場地是否符合目的所需？

*人選安排是否得與目的相應？

*出席者是否事前已了解安排該場子的目的？

特別是有公司高層、公司外的有力人士等出席時，這個場子不單是解決問題的儀式，搞不好可能淪爲爭論之地，容不得讓雙方面子掛不住的情事發生。負責場子安排的人，必須小心謹慎。

【第一九二則】人事異動

若說人事異動是上班族最關心的事絲毫不爲過。人事部門在「研提草案」階段，應該注意：

*是否有礙於情面的人事？

＊是否布局到最近的將來？

＊晉級、降級、降調等的考評是否適切？

＊女性員工的有效運用做何考慮？

＊伴隨人事異動衍生的經費概算是否估算過？（包括赴任津貼、員工宿舍、公寓、家屬津貼等。）等太多注意事項。

原則上，必須做到「適才適所」，「賞罰分明」。倘人事異動了，然而確沒能達到組織活化，以及提升產能，則整個人事調整堪稱是錯誤的。

人事部門的使命是透過人事異動，對提升公司利益做出貢獻，人事異動並非其目的。因此，異動後的結果是否奏效，握有研提人事異動案「權限」的人事部門必須負起責任。

第一九三則　營業費的撙節開銷

營業費被要求「節約」、「削減」是每家公司永遠的課題。但是，時而多所欠缺具體策略，雷聲大雨點小。

爲了達到效果，重要的是：

＊讓全體員工貫徹「成本意識」。

＊針對各項營業費，針對現況重新檢查其使用目的、量、價格等，篩選出可以改善的重點（如：庶務用品、租賃契約等）。

＊重新查核費用vs效果（諸如：宣傳費、人事費等）。

除此之外，建立公司整體的庶務用品採購制度、招標制度、成果主義下的人事、薪資制度等，謀求「制度面的具體改善」也是會有效果的。

除了要求營業費的撙節開銷外，公司在下達員工所必須達到的一定目標（或計畫）之指令時，必須明示爲達成目標的具體策略（或方向性）。

第一九四則 合約書注意要點

合約書屬甲乙雙方的協議，非單一方面可就。因此，在制定合約書時，「我方」特別要注意的是：萬一日後雙方發生爭議時，該合約將是「克敵之寶」。

依合約的內容、種類有別，一般而言，合約內容宜包括：

＊對方違約時的處罰條文。

＊對方違約時，我方的免責條文。

大致上，在交涉簽訂合約前，當然雙方都會將自己的利益列爲第一優先考量。

但是，有關對方違約時的對應，往往遭到忽略。反之，對方針對我方時亦同。我方若要能夠站在有利的立場來訂定合約，最好納入處罰條文和免責條文，以防萬一。

此乃萬一遭遇「不應該會這樣」、「沒想到竟然會這樣」情事時的防護措施。

第一九五則 新法的「背後」

公司提給工會或從業員的「新勞動方案」裏，都隱含著節省、減輕公司人事費的意圖。

諸如：「彈性上班時間制」、「提早退休制度」、「將來方案選擇制度」等。任何一種制度，無不以提升生產性爲響亮的口號。

實質上，無論是直接的、間接的，都是抑制總人事費的政策。

當公司經營漸形困難時，這些政策一定會被提案出來，而且成案實施。員工個人，如果有選擇餘地的話，最好勾選「不參加」、「不同意」。

對公司而言，這是求生存的「當然政策」，吾人無可批評。但是，員工有選擇的權利。

千萬不可將之視爲是「個人」受到尊重或發揮實力的機會等。

第一九六則　七：三理論

這個理論，特別是對販賣業而言是很重要的想法。

一個賣場的營業額假設爲一百，通常是以三十％的商品創造出七十％的營業額。

如此，必須有一套採購措施，教這三十％的商品經常保有而「不缺貨」。

同樣的，將一個賣場的總營業額以顧客單位來分析，很多是由三十%的顧客來創造出七十%的營業額。

因此，吾人得在「廣告傳單的寄發對象」、「顧客的固定化、特定化策略」當中去做思考。

當今，生意逐漸由「不特定對象朝特定對象轉變的時代」，在擬訂重點商品政策、重點顧客政策時，希望能將此七：三理論列入參考。

一第一九七則一 留意心腹

最足以信任、最可以依靠的部下，日文稱之爲「懷刀」（hu to ko ro ga ta na）——得力心腹。你是否能擁有這把刀，將是你工作成敗的一大關鍵，有時甚至是你仕途亨通的一股大力量。

通常，有「懷刀」之稱的人，很多是在公司內外擁有廣闊的人脈，在「背後」支撐著上司的幹練之才。

但是，你還是得小心注意。正因爲這把刀是藏在你的「懷裏」，所以對你自己的事，好壞無所不知。

因此，如果這把刀被自己的競爭對手給懷柔過去，而將情報流了出去什麼的，甚至於這把刀一旦有了自信，反倒覬覦起上司的職位，這是十分有可能的；不，這種情形很多。

正因爲太過信賴這把刀，或者說它太過接近心臟，平時推心置腹，故而一旦遭到背叛時，所遭受的打擊也最大，甚至於成了致命傷。雖說是「懷刀」，仍請牢記「莫掉以輕心」，疏忽不得。

第一九八則 利益

工作一切都是「爲了公司的利益」，除此之外，別無其他目的。因此，在工作的時候，必須經常抱最終「是否與利益結合的觀點」。

譬如：舉企業的社會福利活動來說，其並非單只是對社會的無條件奉獻，而是希望一面盡奉獻社會之責，一面提升公司的形象。同時，也要提高顧客對自己公司員工、產品等的信賴，進而有利於促進販賣。

反覆言之，企業的最終目標是爲了利益。爲了獲取利益，所行使的各種手段，極端的說，只要在不違法範圍之內，當然都是被容許的。

這意味著：在公司服務的每一個成員，都得受到其對公司利益到底做出多少貢獻的嚴格檢視？時代發展絕不可能走回頭路，再回到從前「輕鬆賺錢職業」的時代。希望大家能夠認清此一當然的趨勢，已經進到經由你日積月累努力結果，來檢視最後對公司利益貢獻度的時代了。

第一九九則 敵人

最好不要有敵人，最好也不要樹敵。

但是，對上班族而言，既然「每日是戰場」，不問喜歡或不喜歡，一定會有「敵人」出現。既然是「敵人」，就必須打倒。這時候，必須要有「不被打敗的準備」。

具體作法有：

＊投入敵人的懷裏（重要的是不讓對方覺得你是他的敵人）。

＊看清楚誰是敵人的敵人。
＊蒐集有關敵人公與私兩方面的情報。等等。
這終歸只是預做準備，是否付諸執行必須愼重再三。
有時，時間會解決問題。有時，對方會自行滅亡。有時，遭到第三者消滅。
然而，無論如何必須由自己動手消滅時，要非常注意不要兩敗俱傷，設若有飛落身上的火星，撢掉即可。
不要被打敗，千萬不要被打敗。

─第二〇〇則─ 無事是吉祥

在經濟高度成長的時代，「衝啊！衝啊！」的氣勢之下，公司並不在意少許的投資失敗，而積極地謀求擴大事業版圖。

公司員工也以「得分主義」接受考評，即使守備有所閃失也不會遭到苛責。但是，今天，這個時代除了一部分企業之外，諸多企業經營困難，員工個人的失敗，立即遭到減薪、降級、調往相關企業，或列為裁員對象。換言之，可以說已經進入「減分主義的時代」。

在這種環境之下，本人當然不是要否定得分主義。既然多數企業採減分主義來做考評，則員工個人必須考慮，「得分」固然重要，宜更加注意「失分」，以期對提升公司利益做出具體的貢獻。

最近聽聞：隨著職位高升，風險也跟著增加。因此，不想升任董事或總經理的人日趨增加，這種現象著實令人感傷。但是，當今時代堪稱：無事、無災、無難乃「聰明生存之道」。實在是遺憾之至！遺憾之至！

後記

拙著付梓，校稿重新讀過一遍時，再次實際感覺到自己對事審愼沉思個性和對事物的看法。究竟能給本書讀者朋友提供多少的參考價值？老實說：我的心情是不安的。

但是，從第一則到第二〇〇則所臚陳的內容，全都是自己親身體驗、經驗和想法的載述。我告訴自己，上班族的生活方式「很多不是講講體面話就得了」。因此，書中所提內容，即便只是小小的一行字，若能有益於讀者朋友參考，我也就感到安慰。

因爲是個人獨自的見解，當然一定會有朋友持不同的意見和看法的。若是能見聞讀者朋友的讀後感想，當感榮幸之至！

昔日，被視爲三越百貨公司岡田前總經理親信中親信的我，在總經理解職之後，約有一年的時間，我接受東京地檢署特偵隊的偵訊調查，身處四面楚歌。然而，我並沒有因此怯懦而退職，心中吶喊：「我豈會輸！我豈會輸！」站穩腳步，爲自己、爲家人奮戰不懈的種種，歷歷在目。如今一面回顧四十多年的上班族生涯，一面摸索著屆退後即將開展的第二人生。

這是我生平第一次出書，謹藉此機會向出版單位株式會社新風舍企畫本部的國友先生、內山先生，編輯部的磯貝先生以及新光三越百貨的鄭學聖小姐的賜助，敬致十二萬分謝意。

天野治郎於台北
二〇〇六年三月吉日

INK PUBLISHING
經商社匯 21

上班族徒然草
父親給孩子的二百則工作提醒

作　　者　天野治郎
譯　　者　邱榮金
總 編 輯　初安民
責任編輯　施淑清
美術編輯　林麗華
校　　對　施淑清

發 行 人　張書銘
出　　版　INK印刻文學生活雜誌出版有限公司
台北縣中和市中正路800號13樓之3
電話：02-22281626
傳真：02-22281598
e-mail：ink.book@msa.hinet.net
網　　址　舒讀網http：//www.sudu.cc

法律顧問　漢廷法律事務所師
劉大正律師
總 代 理　成陽出版股份有限公司
電話：03-2717085（代表號）
傳眞：03-3556521
郵政劃撥　19000691 成陽出版股份有限公司
印　　刷　海王印刷事業股份有限公司

出版日期　2010年3月 初版
ISBN　978-986-6377-64-8

定　價　260元

國家圖書館出版品預行編目資料

上班族徒然草：父親給孩子的二百則
工作提醒／天野治郎著；邱榮金譯
--初版, --臺北縣中和市：INK印刻文學，
2010.03　面；　公分.（經商社匯；21）
ISBN 978-986-6377-64-8（平裝）
1.修身 2.職業倫理 3.職場成功法
192.1　　　　99001525

INK INK INK INK INK INK